La vie à mort

De la même autrice

Lapins et merveilles, Flammarion, 2016.
Divine comédie, Flammarion, 2017.
Vacarme, Flammarion, 2019.
Tant qu'on est tous les deux, Flammarion, 2021.

Gaël Tchakaloff

La vie à mort

Flammarion | Versilio

ISBN : 978-2-0804-3982-6

« Madame, toutes les histoires, continuées assez loin, se terminent par la mort, et aucun conteur d'histoires vraies ne vous épargnerait cela. »

Ernest Hemingway,
Mort dans l'après-midi

Première partie

Andalousie, printemps 2023

Elle dort seule avec cent trois animaux et deux revolvers. Seule au milieu de nulle part, entourée de steppes et de champs d'oliviers, à quelques encablures du détroit de Gibraltar. Elle n'a pas d'adresse, pas de lieu-dit, pas de nom sur l'absence de portail, pas de boîte aux lettres. Pour aller chez elle, il faut indiquer au taxi le kilomètre 40 sur un chemin conduisant à un village que personne ne connaît.

Un grillage sert d'entrée, deux panneaux signalent le danger du bétail en liberté. Des corps de taureaux prisonniers d'un cercle rouge, barré. En contrebas, une piste de pierres et de sable rouge s'ouvre sur soixante-dix hectares pelés, étalés en crêpe.

Son ombre de cow-boy surgit dans les dernières expirations du jour. Devant sa finca de chaux et de bois aux découpes stellaires, rien ne dépasse de son reflet filiforme projeté au sol sinon deux petits cercles crantés d'éperons et la grande roue d'un chapeau de gardian. Ses bottes de cuir deuxième peau, son pantalon d'équitation terreux et sa chemise à carreaux collent de sueur à sa couenne burinée.

Comme chaque soir, ses mains calleuses chargent des ballots de foin à l'avant d'un quad. La grâce de ses métacarpes dessinés au fusain et ses pulpes surmontées d'amandes éburnéennes jurent avec la corne de ses paumes. Ce jeu de contraste, similaire à son petit corps de ballerine face au taureau dans l'arène, domine la pellicule de son existence.

Elle enfourche son engin débordant de fourrage, démarre le moteur à l'aide d'une vieille ficelle, trois de ses six chiens grimpent sur la selle et le porte-bagages, les autres courent à ses trousses. Sa silhouette s'éloigne, dissoute dans la brume de chaleur, floutant, au loin, la distribution des repas aux taureaux et aux chevaux qui paissent autour de la propriété. L'écho de sa détermination, timbre sombre, autorité caverneuse, parvient jusqu'aux écuries. Hey, hey, hey, toro, hey, toro ! Aucune barrière ne sépare les équidés des combattants aux cornes effilées. Nulle palissade n'isole les animaux de la maison dont ils viennent gratter les portes.

Après avoir nourri les bêtes, elle accroche l'élastique de sa lampe frontale dans sa queue de cheval, glane son dîner dans le potager entre chien et loup. Salades, courgettes, quelques végétaux résistent à l'aridité grâce à l'eau du puits. Tout autour, des figuiers de Barbarie ventre à terre, ridés par la soif, sont allègrement piétinés par Peggy, le cochon noir qui la suit tel un caniche de Neuilly.

Cette nuit, Léa ne se couchera pas.

*

Un rituel précède son dîner tardif. Tel un gardien du Louvre qui vérifie l'état de *La Joconde* avant d'éteindre, elle parcourt les écuries et tous les enclos. L'éclairage rasant de sa torche ne révèle les silhouettes qu'au dernier instant. Celles des poules, de l'âne, des poulains, des juments sur le point de mettre bas, puis celles, plus éloignées, de la quinzaine de taureaux de combat qu'elle vient d'acquérir pour l'entraînement, parqués dans un pré avoisinant les arènes du ranch.

Lorsqu'elle se prépare à une corrida importante, elle achète parfois quelques spécimens à l'éleveur qui fournit la course, afin de jauger les tempéraments à affronter. Ces bovidés seront toréés sans blessure, à l'aide de minuscules piques placées au ras du derme. Le camion de l'abattoir viendra ensuite les récupérer. On ne torée pas deux fois le même animal. Il se souvient.

Sous un croissant de lune maigre, nous approchons de l'enceinte où se bousculent des colosses, leurs pelages se confondent avec les ténèbres. Des mugissements transpercent la moiteur avant l'âcreté d'une odeur nouvelle, étrangère. Celle du sang. Deux taureaux se battent encore au milieu du groupe. L'un est encorné à plusieurs endroits, largement empalé au niveau des côtes, morceaux de chair pendants. Sa plaie ouverte dont sortent des geysers vermillon scintille sous la Voie lactée.

Léa reste une seconde inerte, comme foudroyée, s'assied dans la terre à deux mètres des piquets. Lorsqu'elle se relève et part en courant, je pose mes mains sur mes oreilles, mes yeux, convaincue qu'elle va revenir avec un fusil pour l'abattre. Je voudrais m'enfuir mais elle réapparaît trop vite, envoyant ses chiens autour des adversaires afin de les séparer du reste du cheptel par leurs aboiements. Elle saute sur un cheval et attire les rivaux dans un corral attenant, accompagnée d'un taureau domestiqué issu d'une race dite « cabestro ». Il fait office de chien de berger.

Le ruminant blessé se met en retrait avant de la charger. Elle tient sa veste en guise de cape pour le guider vers un entonnoir débouchant sur un couloir de manipulation. Coincée dans cette coursive de deux mètres sur trois, la bête hurle et se débat entre les parois de béton. Hors d'haleine, Léa abandonne sa monture pour grimper sur le corridor, pose un pied sur chaque muret, surmontant alors le taureau qui gesticule entre ses jambes. Elle dégaine plusieurs grosses seringues d'une sacoche, lui injecte un mélange d'anti-inflammatoires, d'analgésiques et d'antibiotiques, désinfecte l'entaille, l'asperge de spray coagulant, aiguille enfin la créature vers un coin éloigné, à l'abri des regards. Un lit de paille préparé à la hâte l'attend. Le fauve fracasse en mille morceaux un seau d'eau abandonné contre la cloison. Les éclats de plastique nous griffent le visage, jaillissant de l'autre côté de la clôture derrière laquelle nous nous trouvons.

Coudes appuyés sur la rambarde, Léa pianote sur son téléphone et murmure à mots feutrés, « Le vétérinaire n'est pas disponible ce soir, il faut le veiller toute la nuit. » Elle enclenche aussitôt l'alarme de son iPhone toutes les deux heures jusqu'au lever du jour.

Lors de chaque sonnerie, elle enfile une paire de bottes sur son pyjama de soie émeraude et reproduit le même geste, déroulant un tuyau d'arrosage pour inonder doucement la tête et le dos de son protégé.

« L'eau les calme », je n'entendrai que cette phrase durant l'aventure.

À huit heures du matin, le vétérinaire arrive. Trop tard. Le taureau gît, inanimé. Léa est assise dans la glaise une main sur son flanc, l'autre recouvre en partie son visage, masquant sa mine défaite.

J'aimerais la consoler, la raisonner, lui demander quelle folie l'a conduite à soigner et chaperonner un taureau toute une nuit alors qu'elle en tue deux par semaine. Mais son affliction me laisse interdite.

Lorsque les nuages assombrissent le ciel andalou, les taureaux de combat se bagarrent souvent au pré, allant parfois jusqu'à y laisser la vie. On dit alors qu'ils « ruminent le temps ».

J'ai rencontré Léa Vicens sous un cumulonimbus. Une lutte sourde s'est engagée mais l'affrontement ne nous dirige pas l'une contre l'autre. C'est une bataille intérieure, sournoise, une guerre froide née de l'un de ces paradoxes de l'âme. Je ne peux soutenir la vision d'une corrida, j'aime Léa.

Ce livre est une tentative de comprendre et d'embrasser son monde car il est impossible d'assouvir sa passion pour un gangster sans braquer une banque avec lui.

Paris, deux ans plus tôt

Son regard aimante la une d'un quotidien américain oublié sur un siège dans le bus. Je l'attrape, m'assieds et parcours le journal au gré de la vingtaine d'arrêts me séparant de mon domicile. Un long article s'étale dans les pages intérieures. Il décrit ce que les Américains appellent « le phénomène des arènes ». Ses chorégraphies équestres et taurines comparées à celles d'Isadora Duncan, sa vie dans la finca avec son arche de Noé, la mythification dont elle fait l'objet autour du globe, les aficionados qui se flagellent pour elle, tout est retranscrit dans un sens du détail propre au journalisme anglo-saxon. Le papier explique le terme rejoneadora, désignant une femme qui torée à cheval. Il se termine comme une excuse ou une justification. Le journaliste signataire indique qu'il existe deux types de toreros, ceux qui dépassent l'univers des arènes par leur aura, leur maestria, leur destin iconique, citant à l'appui les noms d'El Cordobés et de Dominguín, et les autres. Je lis le texte à deux reprises, interloquée que les Américains puissent s'intéresser à la tauromachie. Puis j'oublie.

La semaine suivante, à la terrasse d'un café parisien proche du Centre Pompidou, je reconnais son visage. Elle est attablée à côté de moi, partageant les débuts d'un crachin sous la marquise percée. Son pantalon de coton ocre à taille haute, son corsage de soie moucheté de gouttelettes, ses pieds pataugeant dans des sandales de cuir naturel imbibées de pluie, sa couette noire à moitié défaite par le vent sèment le doute dans mon esprit. Sa beauté foudroyante affiche l'indomptabilité d'un fauve dans un physique de Manon des sources version gitane, mais je ne retrouve pas l'ampleur impériale, l'ascendance des photos du journal en habit de lumière. Seuls ses yeux rallument ma mémoire, manteaux de nuit bordés d'une épaisse panne de velours sombre. Je saisis mon téléphone, pianote son nom sur Google pour m'assurer que je ne suis pas prise de lubie et l'aborde sans réfléchir.

Comme dans *Un concours de circonstances*, le livre de Paul Guimard, la vie brasse parfois des vapeurs d'existences dissemblables. Je ne connais rien aux toreros, rien à la tauromachie. Mon entourage me surnomme Brigitte Bardot, je manque de m'évanouir lorsque ma fille capture un lézard.

Nous restons trois heures ensemble. Je ne me souviens de rien, sinon du vertige de la rencontre avec une extraterrestre. Hors du temps, hors du monde, hors des villes, hors des normes. En partant, elle ne m'embrasse pas parce qu'elle n'embrasse jamais, ses pupilles en banderilles, insoutenables d'intensité, remplacent les effusions.

Elle note son numéro de téléphone sur un petit bout de nappe en papier, mon appareil étant en panne de batterie à la fin de notre échange. Quelques jours plus tard, en rangeant mon portefeuille, je le déplie alors que les débats sur l'interdiction de la corrida recommencent à faire rage en France. À côté des chiffres, elle a griffonné d'une écriture de médecin, « Les arènes sont le seul lieu où l'on ne peut pas mentir. »

Durant les vingt mois qui suivent, je lui adresse régulièrement des messages, lui confiant mon envie d'écrire sur elle, sans aucune réponse de sa part. Jusqu'à ce SMS.

> Chère G., je vous remercie de vos propositions que j'ai lues avec attention. Néanmoins, je vais devoir décliner. Je ne pense pas que ma vie ou mon métier soient suffisamment dignes d'intérêt pour susciter l'écriture d'un ouvrage. Bien à vous, LV.

Dès réception, je décide de me rendre chez elle pour la convaincre et saute dans le premier avion en direction de Séville.

Parc national de Doñana, janvier 2023

Certains agités obtiennent son adresse en demandant à ses équipes où lui expédier un présent. Je parviens à la localiser en utilisant le stratagème des plus zélés. Ayant identifié le compte Instagram de son domaine, j'envoie un message privé prétextant la nécessité d'acheminer des livres à son intention. Quelques heures plus tard, je reçois le scan d'un point GPS en guise de réponse.

Je n'ai rien dans les mains, rien dans les poches, rien dans le cœur qui puisse concurrencer les fous de corrida, les fous de Léa.

Il y eut les amoureux transis effectuant des pèlerinages jusqu'au camion abritant ses chevaux lors de ses apparitions publiques ; les groupies et leurs offrandes, gerbes de fleurs, dépôts de saucissons, de chaussettes vertes qui portent bonheur, de lettres pailletées égrenant leur admiration, inéluctablement conclues par *Léa je t'aime, je veux mourir pour toi.* Il y eut les dessins d'enfants glissés sous les essuie-glaces du semi-remorque, certains représentant un homme gigantesque sur un petit cheval noir, comme si elle devait ressembler à un garçon ; les aficionados abandonnant devant le hayon des cartons garnis d'animaux en tous genres, une poule, des oies, un chiot à nœud rouge, un chat sans poils, tout un zoo vivant encore à l'hacienda.

Après avoir tourné une heure, un taxi me laisse le long d'un sentier, ayant suivi les coordonnées satellitaires de la propriété que je lui ai montrées. L'habitation se trouve à cent kilomètres au sud-ouest de Séville, entre l'océan Atlantique et les courbes du fleuve Guadalquivir. En l'absence de réseau téléphonique, je patiente une partie de la matinée sur la cavée, l'entrée de chez Léa en ligne de mire. Une voiture pile net devant moi, son conducteur me hèle en baissant sa vitre, « Vous êtes journaliste, j'imagine ? Partez, s'il vous plaît. Notre amie ne souhaite recevoir aucune visite, elle est débordée. » Puis il redémarre et disparaît dans un nuage de poussière.

Vers midi, alors que je me suis réfugiée dans un buisson de l'autre côté du chemin, un petit homme agité à la chevelure grisonnante sort d'un véhicule digne d'un film des années 1970 en RDA. Moteur vrombissant, portière ouverte, il parlemente avec le ciel, gesticule dans le vide en direction du soleil, souffle de dépit à trois reprises sans raison apparente, rassemble enfin ses doigts sur un cadenas à chiffres qui ouvre la barrière de misère dont il avait oublié le code. J'apprendrai ultérieurement que cet accès vagabond a été réfléchi à dessein, afin d'éloigner les importuns.

Au moment où son automobile passe l'entrebâillement, j'accours derrière lui, récompensée par quelques mots d'un espagnol nerveux et incompréhensible. Vendant la peau de l'ours avant de l'avoir tué, j'affirme avoir rendez-vous avec Léa, assure travailler depuis plusieurs mois sur un ouvrage qui lui est consacré. José Domingo – dont je découvrirai le prénom une heure plus tard – me dévisage muettement et me prie de le suivre sans m'interroger plus avant.

La finca, premier jour

Elle a fermé les écoutilles. Le monde alentour pourrait s'écrouler, elle ne s'en apercevrait pas. Visage concentré, bouche cousue, son être est entièrement dédié à l'affaire qui la préoccupe, sa focalisation éclipse ma présence à deux mètres.

Un tablier de cuir recouvre ses jambes jusqu'aux chevilles, telle une jupe-culotte ouverte sur l'arrière des mollets et des cuisses. Pliée en deux devant les écuries, buste recourbé vers le sol, une grosse râpe dans une main, le sabot d'un cheval crème dans l'autre, elle lime, coupe, souffle sur les dépôts comme sur la taille d'un diamant. Puis elle inspecte le résultat de son travail, change de membre, pose de temps à autre la sole de l'équidé sur un pied de parasol garni d'un bouchon noir, fait marcher la monture, détaille son équilibre de près, de loin, la gratte entre les oreilles. Parage terminé, elle opère soudain une volte-face, semblant entendre un bruit inaudible par les autres, se précipite dans la cour et revient, regard vipérin. Se tournant vers Diegui, son homme à tout faire, et José Domingo, son valet d'épée, elle matraque d'un espagnol saccadé, « Vous devez faire attention aux chevaux et anticiper les accidents, c'est très grave cette fois-ci ! »

Dans la foulée, elle file récupérer une trousse de secours au sein de la sellerie, s'élance vers l'abreuvoir du patio au pavage parsemé de plantes grasses, bougainvilliers, bananiers, palmiers, pointe du doigt devant chacun la liste recouverte de sang d'un Palomino dont le licol est encordé au bassin. Ayant été attaché trop long, il a reçu un coup de sabot d'un congénère en pleine figure.

Elle place aussitôt le cheval nommé « Gitano » au box dans un silence de mort, l'infiltre au creux de l'encolure et le recoud. Douze points de suture sur le chanfrein. Son aiguille tournoie dans la chair, elle coupe les fils qui dépassent, aseptise. C'est interminable une vie d'orfèvre.

Éleveur de chevaux au Portugal, Joaquim tient la tête de la monture. Son bras sous la jugulaire retient l'affaissement de Gitano après l'anesthésie. Il tapote régulièrement son museau qui plonge afin de le réveiller et d'éviter sa chute. Cet homme rondouillet et subtil court plus vite que son ombre face au taureau dans l'arène, la douceur de ses passes frise les entrechats du *Lac des cygnes*. Il est l'un des trois banderilleros de Léa, les toreros qui l'assistent lors des corridas et forment sa quadrille.

Statufié de culpabilité, José Domingo regarde Léa travailler. Tel un frère, un dévot, il lui consacre sa vie et la suit depuis ses débuts, l'ayant rencontrée alors qu'il servait dans un restaurant de village proche de Séville. Elle commençait sa formation de torero, il rêvait de travailler dans l'univers tauromachique. Ils ont franchi les étapes ensemble, plus un jour ne s'est déroulé sans sa présence. Il lui a offert ses services gratuitement les années où elle n'avait pas encore d'argent pour le rémunérer, poussant été comme hiver le carretón. Cet objet incongru, indispensable à l'entraînement, reproduit le corps du taureau à l'échelle du bovidé. Constitué de plastique et de fer recouverts de poils, il est surmonté de deux manches et se manie de la même manière qu'une brouette, afin d'imiter les mouvements du fauve face au cheval.

Désormais, Domingo a étendu l'éventail de ses tâches. Il cavale autour de l'arène, préparant et apportant le matériel de combat, séjourne dans le camion lors des multiples déplacements, épaule Léa dans le soin des chevaux. Je ne l'ai jamais vu marcher, galopant systématiquement comme s'il luttait contre le compte à rebours d'une bombe nucléaire.

Sans femme ni enfant, il vit dans la maison de son père, au sein de laquelle une pièce entière est dévolue au montage des banderilles, ces bâtons terminés de harpons et décorés de bandelettes bouffantes en papier multicolore, que l'on plante sur le dos du taureau.

Léa est devenue son torero pour l'éternité. Il maugrée parfois qu'il *se ferait tuer pour elle*, mais ne montre jamais les dents, hormis les jours où elle lui impose le repos, vécus comme une punition.

La dernière suture nouée, Léa s'empare de son téléphone, photographie la plaie et envoie les captures à Éric, l'un de ses amis vétérinaires équins en France. Elle dépose un baiser sur la tempe de Gitano, referme la porte du box et se rapproche de Joaquim, Domingo et Diegui, les serrant subitement dans ses bras en s'esclaffant, *qué phenómenos !*

Ce qu'elle accomplit à l'intérieur et à l'extérieur des arènes semble invariablement forcer le respect de son entourage. Quelles que soient les erreurs ou les remontrances, le lien tribal l'unissant à ses équipes résiste à toutes les épreuves qu'impose cette vie dévorante faite d'imprévus et d'accidents.

*

Le trouble étant dissipé, la réalité refait brusquement surface, celle dans laquelle j'existe telle une tache sur un tableau. Léa pivote vers moi, me désigne de l'index un arbuste au pied duquel la retrouver. « Quelle surprise ! Bienvenue ! Dès lors que vous êtes là, vous pouvez regarder sans bruit. Il m'est malheureusement impossible d'interrompre ma journée. Posez votre sac au-dessus de l'écurie et installez-vous, nous dînerons vers vingt heures et discuterons durant le repas. »

Elle m'adresse un large sourire et reprend le cours de ses activités, comme si ma présence lui était naturelle.

Je suis restée trois jours. Il n'y eut aucune autre explication entre nous ni récrimination de sa part quant à mon intrusion. J'appris plus tard qu'elle avait pardonné mon ingérence à l'aune de son expérience.

Léa sait qu'il est parfois indispensable d'arracher l'objet de sa volonté par la force, l'usure et la détermination. Elle s'y est elle-même employée lors de ses débuts tauromachiques.

C'est un ranch, un domaine agricole, une oliveraie, une manade, une ferme entre Daktari, l'Afrique, l'Amérique latine et le monde sauvage. Les journées défilent dans l'écheveau de routines semblant issues de romans de Joseph Kessel ou Luis Sepúlveda sans que personne s'en émeuve.

Ici on a le droit de tuer, mais les animaux sont maîtres. Leur traitement passe avant celui des humains. Dans ce monde transgressif, l'ordre et les codes tiennent lieu de règles. L'équilibre de la finca repose sur son organisation stakhanoviste. Léa est toujours en retard hormis quand elle torée et nourrit sa faune, faisant écho à une phrase attribuée à Federico García Lorca : « En Espagne, la seule chose qui commence à l'heure, c'est la corrida. »

Dès le premier soir, elle m'emmène effectuer les besognes crépusculaires. Faire gonfler l'avoine mélangée aux fèves pour les chevaux au box ; distribuer granulés et ballots de foin aux poulains et juments dans les prés ; répartir les graines des poules ; apporter les restes de repas à Peggy, les morceaux de viande aux chiens, les croquettes aux vingt-cinq chats ; brancher la couveuse des poussins, traquer Gros une heure durant, ce chien immense et stupide qui a eu des velléités d'escapade ; rechercher les veaux derrière les fourrés ; donner des friandises à l'âne, Léa s'asseyant sur son ventre et embrassant son poitrail tandis qu'il est couché sur le dos.

Dans le champ des taureaux, elle dépose des compléments alimentaires à quelques mètres du quad sur lequel nous restons assises sous peine de nous faire charger. Elle parle aux bêtes d'une voix onctueuse, les observant en train de boulotter comme si elle regardait une série. Devant ma mine interloquée par tant d'attentions portées au bétail qu'elle tue, elle commente incidemment, « Pour moi, le taureau de combat au pré n'est pas le même que celui que j'affronte dans l'arène. Le lieu et le contexte modifient mon rapport à l'animal. »

L'un de ses amis pêcheurs lui ayant déposé un bar tout juste sorti de l'océan Atlantique, nous le faisons griller dans la cheminée. D'un raffinement sobre et dénudé, pierres au sol, canapés immaculés, la maison de Léa n'est pourvue d'aucune cloison entre les pièces. Une vitre colossale donne sur les chevaux en liberté léchant le verre de l'autre côté du réfrigérateur. Son unique chambre est ouverte aux quatre vents, signant peut-être un destin sans enfant, une vie où l'on choisit comment mourir et pourquoi renoncer à tout.

Assise devant la bibliothèque garnie de livres estampillés NRF, elle évoque son métier, se sert un verre de vin, fume exceptionnellement une cigarette, son rythme de vie lui imposant une hygiène drastique. « Le cheval est mon compagnon de ballet. Lorsque je torée, le taureau combat tandis que je danse avec lui en domptant ses courbes. Ce n'est pas une lutte d'égal à égal, nous ne sommes pas des gladiateurs. »

Puis elle pose un petit chien à tête de pirate sur ses genoux et poursuit son monologue en tapotant ses poils, comme si elle s'adressait à lui.

« Mon art repose sur la fluidité de la chorégraphie, l'approche maximale de mon adversaire avec une esquive, un galbe tel que je ne me laisse pas attraper, mes montures non plus. Elles n'ont jamais été blessées en corrida... Quand elles sont en harmonie et à l'unisson avec le taureau, qu'elles s'expriment comme des toreros, je les sens si heureuses qu'elles se grandissent, tête haute, oreilles en avant, dans une fierté inégalée. À ce moment précis, il se passe quelque chose que je ne peux pas décrire. Le sentiment que l'on transmet au public découle du mystère de la communion des trois âmes, celle du taureau, du cheval et du torero. »

Elle ne se livre pas davantage en dépit de mon insistance. Léa est un être secret, un petit animal sauvage réfractaire à l'introspection.

Vers vingt et une heures, je rejoins mes appartements, consciente de la rareté du moment qu'elle vient de m'accorder. À la finca, on ne s'alimente pratiquement pas, le temps consacré aux repas rogne sur celui dévolu aux bêtes.

Situé de l'autre côté de la cour bordée d'un manège et d'une dizaine de box extérieurs, le bâtiment réservé aux invités abrite des écuries fermées, longées d'un escalier. L'étage ouvre sur un loft. Au centre du living, plusieurs livres de Sophie Calle tapissent une table d'acajou. L'artiste, amie de Léa, vient de quitter les lieux. Ici aussi, une baie vitrée de six mètres sur quatre domine les équidés, parsemant la nuit de hennissements et coups de sabots, combinés au reste des bruits de la nature, meuglements, glapissements, braiments, grommellements, coqs hystériques, chats grattant sur le toit.

Je me lève dix fois, persuadée que l'attaque va surgir. Léa ne doit pas dormir armée sans raison. Dans l'entrée, un trophée de taureau me dévisage, celui qui l'a faite triompher à Madrid lors de ses débuts. Je le recouvre d'un drap, convaincue de son esprit vengeur, et parviens enfin à m'assoupir.

Deuxième jour

À l'aurore, le galop d'un cheval déchire la plaine silencieuse. Au milieu de l'arène sans gradins, Léa tournoie sur Guitarra, sa jument à la robe isabelle, soulevant régulièrement une pique face à un opposant imaginaire. Aucun taureau à l'horizon. Trapèzes inversés autour de cervicales et vertèbres parfaitement alignées, poitrine galbée, son ensellure crée une arabesque répondant à l'incurvation de sa monture.

En dehors de la saison tauromachique dite temporada, Léa achève la formation taurine des équidés débutants, débourre les poulains, affûte l'entraînement des cracks plus expérimentés. Durant cette période creuse s'étalant de novembre à février en Europe, elle monte chaque jour douze chevaux entre huit heures et quinze heures. Le bref temps mort qu'il lui reste avant de sustenter le zoo est consacré à l'organisation de son activité professionnelle, signature d'engagements tauromachiques ou discussions avec son apoderado. Fondé de pouvoir du torero, cet agent gère sa carrière et ses intérêts, négocie les contrats, établit la stratégie, le choix des arènes dans lesquelles toréer et pilote les relations avec la presse. Sa rémunération représente quinze pour cent des cachets annuels. Personnage incontournable du monde taurin, directeur des plus grandes arènes et organisateur de corridas, Simon Casas s'occupe de Léa depuis près de huit ans.

Venga, vale, un poquito adelante ! Sous la direction de la torero, José María pousse le carretòn tandis qu'elle imprime à sa monture les réactions appropriées à raison des déplacements du leurre. Courant en tous sens, il imite les attaques, les biais et les arrêts du fauve. Cet ancien matador, devenu banderillero avec Léa, s'arrêtera avec elle. Physique de Clint Eastwood, visage émacié sillonné de rides verticales et silhouette longiligne, il est l'incarnation de l'esprit torero, vivant par et pour le taureau lors de la temporada, se préparant physiquement aux arènes le reste du temps. Placide et taiseux, il ne souffre pas les acolytes qui ne sont pas entièrement dédiés à leur art ou s'accordent d'autres priorités que celles inhérentes au métier. Pourtant, les auxiliaires ne posent pas de banderilles dans la corrida à cheval. Ils sont chargés de replacer la bête toréée aux endroits cardinaux de la piste à l'aide de capes pendant les changements de chevaux de leur rejoneador, le torero à cheval.

Jogging et Adidas flambant neufs, José María déploie son corps d'athlète au moment des pauses, effectue des assouplissements, pose un pied sur les abris de la piste, étend ses mains au sol, attrape ses chevilles, opère de minuscules foulées sur le sable en avant, en arrière, halète, tourbillonne, hyperventile.

Toutes les vingt minutes, Léa crie le nom du cheval suivant en direction des écuries situées à cent mètres de l'arène. Domingo doit le lui amener fin prêt, sellé, harnaché, guêtré, astiqué. *Bético y luego Diluvio !, Deseado y luego Diamante !* Elle attrape ensuite un bout de crinière pour se remettre en selle et repart de plus belle, sifflant tel Lucky Luke lorsqu'il faut lui présenter promptement une nouvelle monture, index et pouce repliés en bouche.

Domingo et Diegui s'agitent comme dans un salon de coiffure le jour de l'An. Ils brossent les chevaux, curent et badigeonnent leurs sabots, assortissent la couleur des guêtres à leurs robes, démêlent crinières, toupets et queues au shampoing antipelliculaire Head&Shoulders. Une toile de couleur brique au passepoil beige recouvre les selles. Elle est rehaussée d'une broderie imbriquant un L au V. La même marque que celle figurant sur la croupe des équidés et les bottes de Léa. Le souci permanent d'élégance survit à l'absence de spectateurs.

J'observe les manœuvres depuis le burladero, ce paravent de bois protégeant des taureaux sur la piste de l'arène. Oreilles en arrière, bouche ouverte, lèvres retroussées, toutes dents dehors, les chevaux se prennent pour des matadors. Ils attaquent le carretòn, tentent immuablement de mordre, d'attraper et de tuer le leurre. Ces cadors sont capables de gérer les échecs sans être dominés par la peur, retournant au combat après les incidents tauromachiques. Ce sont des êtres supérieurs de courage, d'élasticité, d'esthétique et de résilience.

Deux d'entre eux disposent de comptes Instagram créés par des aficionados, deux autres ont reçu des offres d'achat mirobolantes, un million chacun, cassant le prix du marché avoisinant traditionnellement deux cent mille euros pour un cheval de corrida.

Figures, cardio, stretching, les exercices correspondent à leur niveau d'expérience, à leur état physique, aux phases de corrida durant lesquelles ils interviennent. Chaque séquence d'une course, appelée tercio, nécessite un tempérament et des capacités équines spécifiques. La personnalité des chevaux détermine leur ordre de passage. Le premier tiers est dédié à l'ordonnancement de la charge du taureau et à son adaptation au galop de l'équidé à l'aide d'un rejón, fer surmonté d'un javelot qui affaiblit son attaque. Il impose une monture rapide, maîtrisée, à l'écoute et au répondant millimétré. Le deuxième tiers, dévolu aux banderilles, requiert un cheval artiste, susceptible d'harmoniser élégamment les offensives du taureau. Le troisième, celui de la mise à mort, ne peut être effectué que par un quadrupède d'une sérénité et d'un courage à toute épreuve.

S'arrêtant devant moi sur un Lusitanien blanc nommé Espontaneo, Léa m'interpelle, « Celui-ci est mon cheval de mort. Il a fait toutes les courses hormis une, au cours de laquelle j'ai dû le remplacer par Greco. Le taureau était un mélange de requin et de crocodile, une bête si criminelle qu'il se serait fait tuer. »

Des hennissements stridents interrompent son développement. Diluvio, l'une de ses vedettes, se cabre et rue devant les box, naseaux dilatés. Domingo peine à le retenir. La torero abandonne sa monture et accourt rapidement, transformant aussitôt l'étalon en agneau qui lui suçote la paume. Morsures, blessures, plusieurs stagiaires ont fait les frais de l'impétuosité de ses chevaux de corrida. La vingtaine d'équidés toréant avec elle sont entiers, hormis deux juments.

En milieu d'après-midi, Léa a monté la majorité de son cheptel. Disparaissant sous un porche, elle revient avec une veste kaki qu'elle me tend. Alors que je la pensais concentrée sur ses gymnastiques équestres, elle a remarqué mes légers tressaillements de froid au bord de l'arène.

En enfilant sa parka, je découvre de multiples croûtes carmin sur le rebord des manches, vestiges de sang séché remontant jusqu'au-dessus des poignets. Je retourne les extrémités du vêtement, déjà prisonnière d'un déni de réalité.

Léa passe une tête dans mes appartements vers dix-huit heures, « Je pars vérifier les ruches et ramasser du miel, je vous emmène ? »

Équipées de combinaisons de coton, casques voilés à arceaux, gants et surchaussures, nous parcourons les champs d'oliviers, ceux avec lesquels elle fabrique son huile. Devant le pressoir du XIIIe siècle, des étagères extérieures accueillent des petites bouteilles de grès vert et blanc en forme d'olive qu'elle a dessinées elle-même.

E.T., un canidé taupe grand comme un lièvre, court derrière la voiturette de golf tandis que sa maîtresse conduit. Ayant déjà constaté qu'elle entasse les chiens sur ses genoux lors des virées en quad, je l'attrape et l'installe sur la banquette arrière, sans qu'elle y prête attention.

Après l'oliveraie, un chemin de terre bordé de figuiers s'ouvre sur une forêt de chênes. Elle se gare à quelques mètres d'une clairière parsemée de lavandes et d'une quinzaine de ruches. Inspectant mes fermetures éclair, elle me demande de la suivre à pas de loup. Brusquement, je ne vois plus, n'entends plus, recouverte de milliers d'abeilles pendant qu'elle ouvre les tiroirs et examine les rayons. Elle soupçonne sans doute la panique qui me gagne, quelques phrases traversent les bourdonnements, « Restez calme, vous ne risquez rien, rentrons si vous le souhaitez. »

Je n'aurai pas le temps de réfréner mes nerfs. Des aboiements perçants fendent le brouhaha. E.T. nous a rejointes sans que nous devinions sa présence à nos pieds, nos harnachements réduisant partiellement la vision. Il est assailli de toutes parts. Léa l'attrape, détale vers la voiture et me fait signe de monter, rejoignant à toute allure la maison située à deux kilomètres de là. Le temps d'enlever nos casques, le chien s'est déjà évanoui, criblé de dards, empoisonné. Cent ou deux cents têtes noires dépassent de son pelage ras.

Léa le glisse sous le jet d'eau de la cour centrale, retire chaque appendice, tout en appelant une vétérinaire argentine qui exerce dans les environs. Elle sèche l'animal dans son salon, pose un cathéter sur sa minuscule patte, peut-être deux fois grosse comme mon pouce, lui injecte des antihistaminiques, de la cortisone, allume un feu de cheminée, empile deux couvertures de laine devant l'âtre et allonge la bête sur le lit de poupée.

Au même moment, Dominique, la mère de Léa, fait irruption en voisine. Elle habite La Puebla del

Rio, un village proche de la finca. Distinguée et exaltée, cette ancienne professeure de français est aussi expansive que sa fille est taiseuse. Elle engage une brève conversation de courtoisie au cours de laquelle nous échangeons nos coordonnées dans l'idée qu'elle me parle de l'enfance de Léa. La fièvre ambiante n'est pas propice aux confessions.

Dix minutes plus tard, je prends congé, soucieuse de préserver leur intimité familiale. Léa me salue d'un geste de la main et caresse le chien en ânonnant faiblement, « Je suis effondrée. »

Contre toute attente, E.T. s'en sortira.

À la nuit tombée, je décide d'interroger la torero sur les contradictions qui me taraudent au moment où nous ramassons notre dîner dans le potager.

— Léa, une chose me surprend… Comment pouvez-vous avoir le cœur brisé pour ce chien minuscule alors que vous supportez de trucider des colosses ?

Tenant une torche entre ses dents, elle donne trois coups de bêche dans la terre craquelée avant de répondre laconiquement.

— Je ne sais pas, c'est un mystère que je ne cherche pas à élucider.

Après cet épisode, elle me tutoiera.

Troisième jour

Toutes les espèces animales ne seront pas épargnées du déluge sur le point d'advenir. Ce matin, la joyeuse arche de Noé de la finca suspend son souffle le temps d'un drame en un acte et dix minutes.

Léa a invité un jeune matador en vue d'un entraînement privé appelé tienta. Ayant improvisé ce rendez-vous depuis mon arrivée pour me faire plaisir, elle ne soupçonne pas le vacillement qu'engendre chez moi l'objet de sa passion.

Blondinet propret vêtu d'un jean moulant et d'un pull en cachemire, Juan a le physique de son métier sous une allure de gendre idéal. Cambrure prononcée, bassin avancé, épaules renversées, fesses rebondies, ventre aplati au fer à repasser, démarche de léopard aux aguets. À chaque pas, son pied arrière se dresse sur la pointe d'orteils semblant entourés de coton.

Les premiers rayons éclairent ses saccades d'une lumière cinglante pendant qu'il parlemente avec

Léa devant l'arène. Il mime une action dont je ne parviens pas à saisir la teneur avant de la voir se dérouler sous mes yeux.

À l'aide de longs bâtons, les deux compères placent l'un des quatre taureaux de combat du corral dans le couloir de manipulation. Ces bovidés sont jeunes, peut-être deux ans et trois cents kilos par individu. Chacun a un nom, une marque au fer, un numéro, un caractère spécifique. Cesse-t-on d'être du bétail lorsqu'on jouit d'une identité ? Le taureau enfermé entre quatre murs pousse des meuglements enragés tel un boxeur en cage et tambourine en tous sens, jetant sur le paysage idyllique un voile inquiétant.

Loin d'en être affectée, Léa farfouille dans une cantine, sort un tuyau d'arrosage dont elle coupe deux tronçons de dix centimètres, les brandit d'une main, tenant dans l'autre des compresses. Puis elle escalade le corridor et adopte sa position favorite, un pied sur chaque muret. Entourant les cornes de l'animal qu'elle surplombe d'un nœud en huit pour le stabiliser, elle les râpe un peu, les recouvre de gaze, maintient le tout en enfonçant les bouts de caoutchouc et détache la bête qui tape à pleins sabots contre la porte de fer.

Je prévois aussitôt de me retirer, déjà prise de panique. Mais elle m'apostrophe à l'instant où je ramasse mon sac, « Désormais, il ne peut plus blesser les chevaux. » Elle me tend alors son téléphone pour la filmer, « Cadre pour que l'on voie l'alignement de la croupe des montures par rapport au taureau. » Me voici complice de la tragédie qui s'annonce sans pouvoir réagir, tétanisée à l'idée de la vexer.

Elle enfourche d'emblée Cleopatra, une jument baie qui gratte le sol de l'arène comme si elle avait hâte de flanquer une rouste au taureau. Lâché dans l'arène, le fauve racle la piste de son antérieure et zigzague dans une course effrénée, en proie à une fébrilité, une férocité soudaines. Cinq minutes plus tard, le désastre bat son plein. En dépit des figures équestres et des esquives qu'exécute Léa, le colosse tente de culbuter l'équidé par des attaques de biais, coupe sa charge en changeant régulièrement de rythme. Ses immobilités sont suivies de sprints de la vitesse d'un TGV. Il opère chaque fois sa salve par la croupe et frôle les jarrets du cheval.

Un étau resserre mes tempes à mesure que s'impose l'évidence. Je vais être témoin de l'assassinat d'un taureau doublé du décès d'une jument.

Coup de chance, Léa demande à changer de cheval. Pantera entre en piste. À la différence de Cleopatra, rodée à la tauromachie, cet étalon n'a jamais été confronté au public des corridas. Le combattant réitère ses assauts imprévisibles par l'arrière, il semble réfléchir à la meilleure manière de surprendre son adversaire pour le défaire. J'entends Juan grommeler, *La madre que te parió !* (Putain de merde !).

Léa réclame finalement l'évacuation du taureau. D'après ce que je comprends, il n'a pas les qualités pour être toréé car son intelligence stratégique met en péril les chevaux. Juan expulse rapidement la créature non blessée, l'orientant vers le toril grâce à sa cape. Avant qu'elle ne rejoigne ses congénères, Domingo coupe le crin de sa queue tandis qu'elle est bloquée dans le couloir de manipulation. Une manière de se souvenir qu'elle a connu l'arène.

Pantera demeure dans le rond, sans doute troublé par ce qu'il vient de vivre. Dans la foulée, Léa requiert l'entrée du taureau manso, un bovin domestiqué susceptible de remettre son cheval en confiance. Elle déroule plusieurs demi-voltes devant le bestiau impassible, rien ne fait sortir sa monture de la réserve. Passant devant le burladero, elle se tourne vers moi, « Il va me falloir une semaine pour rattraper cela. Si le taureau avait fait 600 kilos, ç'aurait été l'angoisse. On ne doit jamais effrayer un cheval. »

Elle décampe aussitôt de l'arène et traverse la campagne environnante au triple galop, probablement démangée par l'envie de détendre ses nerfs comme ceux de Pantera. Lorsque je la rejoins quelques minutes plus tard dans la carrière extérieure, elle a retrouvé sa frimousse enjouée et s'amuse avec Peggy en trottant autour de sa silhouette noirâtre.

J'esquisse un sourire mais le mal est fait. Telle une boîte à musique que l'on retourne, la danseuse éphémère a suspendu sa ronde, l'autre visage de Léa s'est imposé au cœur de l'arène. Face au taureau, une assaillante belliqueuse a supplanté l'amoureuse des bêtes, révélant la face cachée de l'univers idyllique de la finca.

Au fil de la journée, l'héroïne sur ses terres interroge et relativise mes atermoiements matinaux.

Regagnant mes appartements après le départ de Juan, je plie mes affaires dans la perspective de mon départ et découvre un carton déposé au pied de mon lit, recouvert d'une inscription au feutre rouge, *Pour G.* Il contient trois bouteilles de son huile d'olive, deux saucissons de taureau, du jambon ibérique, une bouteille de vin étiquetée *Cuvée Léa Vicens*, un tupperware renfermant des rayons de son miel, et, séparés par un linge, une dizaine d'ouvrages ayant trait à la corrida. Ernest Hemingway, Jean Cocteau, Joseph Peyré et Jean Cau y côtoient des auteurs issus du monde tauromachique tels qu'Alain Montcouquiol (un matador dit Nimeño I), Simon Casas ou Ángel Peralta, rejoneador mythique aujourd'hui disparu. Un petit mot sur un post-it surmonte la pile, *Hola ma guapa ! Ces derniers jours m'ont convaincue que nous pouvons passer du temps ensemble. Abrazos.* (câlins)

Je dévale les escaliers à la recherche de Léa et l'aperçois dans l'antre de son atelier, occupée à sculpter un jeu d'échecs en bois d'eucalyptus. Nous nous donnons une accolade serrée, évoquons les mois que nous allons partager, l'organisation de mes déplacements pour la rejoindre de ville en ville. Entourée de gouges, herminettes, maillets, lames et burins, elle ouvre un coffre comportant une dizaine de pions, fous, cavaliers, rois, dames, tours de différentes tailles, façonnés de ses mains à ses heures perdues. Plusieurs boîtes de rotin accrochées contre les cloisons de la pièce servent de niches à des chats de gouttière. En caressant les matous, Léa m'explique s'être fait déborder par les portées, quand le roulement d'une voiture dans la cour voisine suspend notre babillage. Trois policiers en uniforme débarquent d'un véhicule de patrouille, tous gyrophares allumés, et lui tendent des barquettes de fraises. Ils sont venus jusqu'à la finca pour lui faire ce cadeau.

La torero les remercie généreusement, part leur faire du café et ranger les fruits dans sa maison. Je la suis à la trace, fuyant la conversation en espagnol que je ne maîtrise pas.

Pendant que la machine Nespresso coule de tasse en tasse, elle me communique l'agenda des corridas auxquelles assister durant la saison qui débute un mois plus tard, m'indique m'y réserver des places ainsi que des chambres dans les hôtels l'accueillant avec sa quadrille. Nous fixons un rendez-vous liminaire à Valencia, les premières grandes arènes de la temporada. Elle ajoute également mon nom sur la boucle WhatsApp de son équipe et me propose de partager certains trajets dans sa fourgonnette.

Installée devant son bureau pour noter les dates et lieux des courses qu'elle énumère, je parcours des yeux les rayonnages surplombant sa table de travail. Des carnets d'écolier se distinguent des ouvrages sur l'étagère la plus basse. Leur tranche est annotée d'années, accompagnées du mot « journal » en lettres capitales. Lorsque je lui demande de quoi il s'agit, elle s'esclaffe, « Ce sont les journaux intimes que j'ai tenus entre mes six ans et mes vingt ans, tu peux y jeter un œil mais cela n'a pas grand intérêt. Il n'y a rien de secret, ce sont les bavardages d'une adolescente un peu niaise ! » Puis elle les attrape, les étale sur la console de bois vernie et me laisse face à la pile, rejoignant les policiers postés dans la cour, un plateau en mains.

En son absence, je feuillette la dizaine de cahiers A5 à grands carreaux. Des dessins de chevaux au crayon à papier illustrent les marges de gauche. Sur les lignes bleutées de droite, une écriture d'abord ronde et serrée vers le ciel devient ensuite rectangulaire, aussi structurée qu'une calligraphie en majuscules.

Hormis son père, dont la présence traverse quasiment chaque paragraphe, les premières années sont dominées par le portrait de ses animaux domestiques. Sans être strictement formulé, le tableau d'une jeunesse insouciante émane du récit au sein du mas familial nîmois. Page après page, poules et lapins côtoient à parts égales sa mère, son frère Antoine et sa sœur Emma, noyés parmi les figures de diverses bestioles recueillies dans la nature, chouettes, biches ou renards blessés par des pièges. Les équidés occupent une grande partie de la narration. Son poney nommé Ourasi revient dans deux ou trois cahiers de la petite enfance, bientôt concurrencé par un cheval Camargue appelé Happe. Elle décrit en long et en large l'arrivée de ce dernier pour ses onze ans, autant que ses performances équestres grandissantes.

À la même époque, elle évoque brièvement les corridas auxquelles son père l'emmène et les commente négativement. Il était apparemment un grand aficionado, je n'en sais pas davantage, le texte n'étayant pas le personnage mais se contentant d'en saisir les mouvements lors de scènes partagées avec sa fille. Léa m'a confié dès le premier dîner à la finca qu'il venait de mourir.

La chronique éclaire sa bascule vers la tauromachie à l'âge de seize ans, sans véritable explication. Elle se termine quatre ans plus tard, lorsque Léa décide de devenir torero et part pour l'Andalousie chez Ángel Peralta, sur un coup de tête. Je connais vaguement la suite de l'histoire pour l'avoir lue dans la presse. Après un DEUG de biologie à Nîmes et un master en biologie animale à Montpellier, Léa travaillera douze ans chez ce rejoneador iconique. Il résidait à quelques kilomètres de la finca qu'elle habite aujourd'hui.

La torero ne reviendra jamais d'Espagne.

*

Les policiers partis, elle réapparaît alors que je suis encore en pleine lecture.

Je n'aurai pas le temps de compulser tous les journaux, le taxi qui me conduit à l'aéroport de Séville klaxonnant déjà devant la porte.

Bien que Léa reste convaincue de la vacuité de ces textes, j'en photographie quelques extraits et les reproduis ici avec son accord.

Ils la racontent résolument mieux qu'elle ne saurait le faire aujourd'hui, la rejoneadora n'étant pas une adepte de l'autoanalyse.

Extraits du journal intime de Léa Vicens

Nîmes, 1996
(11 ans)

J'ai décidé de devenir bergère ou vétérinaire.

Mon ancienne maîtresse m'encourage, elle m'appelle la sauvageonne parce que j'ai recueilli un rossignol à l'aile cassée.

Je n'ai plus trop le temps de monter Ourasi car papa m'emmène maintenant faire des balades sur Happe dans un endroit interdit, le camp militaire des Garrigues. Certains jours ils tirent des obus ou des missiles, ça craint un peu.

J'ai remporté le premier prix du concours de dessin, un stage d'équitation camarguaise à Nîmes ! Pascal Ducros me montre les bases techniques, il dit que j'ai déjà l'émotion, le tact équestre, comme papa. C'est un prof du Cadre noir à Saumur.

J'ai dit à papa que je n'irai plus aux corridas avec lui. Je trouve ça trop cruel pour les animaux. Mais bon, il ne cherche pas à me convaincre. Il dit toujours, « Tu es libre de choisir, libre de te tromper. »

Nîmes, 2001
(16 ans)

Pascal m'emmène régulièrement trier les taureaux et faire du cross en sautant les roubines. Grâce à lui, j'ai encore gagné les championnats d'équitation de travail avec Happe. [...]

J'ai trouvé un job de placière dans les arènes, la corrida est à la mode chez les terminales. Vu que je fais de la philo cette année, on parle des intellectuels, du symbolisme, des peintres qui se rendaient aux arènes, etc.

Je n'ai le droit de regarder les courses qu'à partir du quatrième taureau car il y a souvent des retardataires, et je repars avant la fin du sixième taureau pour réviser mon bac à la maison. [...]

Dans les gradins des arènes, j'ai croisé mon prof de sport du collège, monsieur Galtier. Il connaît le milieu taurin et donne des coups de main à Alain Bonijol, qui a tous les chevaux de picadors. Bref, grâce à lui, je vais commencer à être alguazil. *(ndlr : policier de l'arène intervenant au début de la course et remettant les récompenses).*

C'est le plus beau jour de ma vie.

P.S.1 : Papa a acheté un carretòn qu'Antoine pousse pour que je joue avec Happe.

P.S.2 : Je ne sais plus pourquoi je n'allais plus aux corridas. Je crois qu'avant, je m'en fichais. Hier, j'ai eu la chair de poule plusieurs fois quand tout le public a crié Olé et fait silence au même moment sur une passe.

Montpellier, 2004
(19 ans)

J'ai raté le concours vétérinaire… En même temps, je m'y attendais.

J'ai obtenu des concours agro dans des villes du Nord, je n'irai pas.

J'ai trouvé ce que je veux faire : je vais me spécialiser sur les mammifères des pays chauds. Les éléphants, les sangliers, les taureaux… Ensuite, je partirai diriger un parc naturel. Quentin et Alma, qui sont deux années au-dessus de moi, ont été pris en stage dans les parcs du Zimbabwe et du Sri Lanka.

Moi, c'est l'animal qui m'intéresse, c'est l'intérieur de l'animal, c'est le côté éthologique, la complicité. Happe, ce n'est pas mon copain, c'est mon cheval. Ce n'est pas ma famille, c'est mon cheval. Mais je l'aime comme mon copain ou ma famille.

Nîmes, 2005
(20 ans)

Je viens de prendre la plus grande décision de ma vie. Je ne l'ai encore dit à personne : je pars en Espagne dans un mois. Je sais que je peux me débrouiller, j'ai réussi à décrocher une bourse, j'ai cumulé les petits jobs, je m'en suis toujours sortie.

J'ai rencontré aux arènes un journaliste madrilène et sa femme, il m'a invitée à la féria de Séville au mois d'avril. Avion, hôtel de luxe, tous frais payés. C'était top mais il a tenté de me coincer pour se faire rembourser en nature. Quand j'ai refusé ses avances, il m'a insultée.

Coup de bol, avant ça, il m'a emmenée chez la famille Peralta, qui habite dans un parc naturel à vingt minutes de Séville. Ce sont des toreros à cheval, des maîtres. Tout le monde les connaît apparemment.

En arrivant, Ángel Peralta m'a prêté un cheval andalou qui s'appelle Piloto pour que je m'amuse. Il était là avec ses invités, je suis montée devant eux. À la fin, il m'a proposé un poste chez lui. Il m'a dit, « Je pense que tu as du talent comme cavalière et comme dresseuse. Tu auras un contrat de travail et un petit salaire agricole. »

Je ne vais pas tout plaquer pour être cavalière. Je lui ai répondu que j'acceptais le poste si on m'enseignait la tauromachie. Apparemment, il n'était pas convaincu. Il a refusé, soi-disant parce que les Françaises échouent systématiquement et que c'est trop long de former un cheval de corrida…

Quand j'ai ramassé mes affaires pour partir, il m'a rattrapée en me lançant un défi d'un air moqueur, « Je ne peux pas t'interdire d'attraper les poulains sauvages chez moi. Si tu y arrives, tu peux leur apprendre à toréer. »

Peu importe, j'ai fait mon choix. Je passe mes partiels et ensuite je prends une année sabbatique pour y aller.

Féria de Valencia, mars 2023

Des milliers de gens agglutinés piétinent au touche-touche, les rues fermées à la circulation débordent d'une marée cacophonique et bigarrée, jeunes, vieux, pauvres, riches, enchevêtrés dans un joyeux fatras. Plusieurs figurines de papier mâché multicolore, hautes de trois mètres, surnagent au rythme des mugissements du flot, les enfants grimés dévorent churros et glaces fluorescentes bavant sur leurs tee-shirts.

Tambourins, cuivres, chants, danses surgissent à tout bout de champ, même les pétards jouent de la musique. Outrancièrement coiffées et maquillées, les femmes en mantilles et gants brillent dans le satin de longues robes chamarrées, relevées de cerceaux et bordées de dentelles, à croire qu'elles se rendent à une reconstitution sous acide d'un tableau de Vélasquez.

Gagnant Valencia quelques heures avant elle, je ne contacte pas Léa, soucieuse d'éviter une faute de carre tandis qu'elle torée le lendemain. Elle m'a confirmé notre rendez-vous trois jours plus tôt, assortissant son SMS d'une précaution limpide, « Avant la corrida, je ne suis pas sûre de te voir, après non plus. Et dans les arènes, je préfère oublier ta présence pour me concentrer. » Première date fatidique de la temporada, la plaza compte douze mille âmes. Le spectacle de la rejoneadora se joue à guichets fermés.

Comme toujours avec elle, rien ne se déroule selon les prévisions. Léa est un être de l'instant dont le destin repose sur l'imprévisible ironie ou bienveillance du sort, la superstition lui défend d'anticiper l'agencement des heures qui précèdent et suivent une corrida. Le couperet du temps opère un insoutenable compte à rebours, celui du succès, celui durant lequel elle restera torero, celui de sa vie de femme, celui qui la sépare de la mort.

Bien qu'elle ait suivi une formation scientifique, le moindre fait inhabituel, le plus petit détail sortant de l'ordinaire peut être interprété comme un mauvais présage. Avant une corrida, il est interdit de lui poser une quelconque question, de lui demander comment elle va ou ce qu'elle prévoit dans deux heures, deux jours, deux semaines ou deux mois. Elle ne sait jamais si elle dînera ou non après avoir toréé, si elle dormira dans la ville qui l'accueille ou repartira en pleine nuit avec sa quadrille, si elle boira un verre ou s'il faudra la laisser seule. Tout cela dépend de la manière dont se passe la course.

Lors de ses corridas, le placement de ses amis n'échappe pas à la règle. Il se décide pendant l'échauffement, à une heure de son entrée en piste, laissant penser qu'elle doute même de concourir.

Tous les toreros, vedettes comprises, sont tributaires de leurs consécrations dans les arènes importantes. Pour triompher, il faut y être récompensé par au moins deux oreilles par course, voire par taureau selon les villes, afin que les contrats suivent et s'enchaînent. L'amplitude de la programmation de la saison en dépend. Si le rejoneador a pris des risques, effectué des passes élégantes et tué son taureau à la première estocade, une oreille peut lui être accordée par le public qui en fait la pétition à l'aide de mouchoirs blancs agités. La deuxième dépend de la présidence de la corrida, comme l'octroi de la queue de l'animal, qui couronne la qualité d'un spectacle exceptionnel. Le triomphe génère la sortie des matadors par la porte principale de la plaza, portés sur les épaules, *a hombros*, comme le disent les initiés.

Les chanteurs répètent mille fois pour garantir la gloire d'un soir à l'Olympia. Mais la carrière des toreros, y compris ceux entraînés à outrance, est susceptible de s'écrouler sous l'effet de grains de sable, d'irrationnelles combinaisons qui rendraient fou n'importe quel esprit cartésien.

La qualité des taureaux, de la piste, de la météo, l'état de santé des chevaux, le mental de leur cavalier, la subjectivité du jury, l'attitude du public sont autant d'interférences susceptibles de déclencher l'échec. Alors, des toreros qui n'ont pas pu poursuivre leur trajectoire par manque de gratifications et de dates, on dit qu'ils *n'ont pas eu de chance.*

N'ayant pas échangé avec Léa depuis mon arrivée à Valencia, je n'ai pas l'occasion de lui signaler que j'assiste à la corrida d'El Juli l'après-midi précédant sa venue. J'ai lu qu'il était connu, acheté les places les plus chères, côté ombre, au premier rang, prise d'une inexplicable quête de sens.

Dans l'amphithéâtre plein comme un œuf, les banderilleros embrassent leurs crucifix autour de la contre-piste, le public rit à gorge déployée avant que sonne le début de la course, fume et boit, bière ou champagne selon les profils. Aucun haut-parleur ne le rappelle à l'ordre, il n'y en a pas ici. L'arène déborde d'un vivre-ensemble euphorique, bras d'honneur au règne du zéro risque et zéro offense, à la pasteurisation du monde occidental et à ses doxas d'hyper-précaution. Certains sont apprêtés comme au festival de Cannes, d'autres accoutrés en guenilles que l'on sent repassées et lavées pour la circonstance, nombreux sont ceux qui tiennent des poules sur leurs genoux. Elles sont destinées à être jetées au torero en guise de récompense.

Héros de cape et d'épée, le matador joue sa vie et en tire une légitimité autorisant toutes les audaces, toutes les vésanies, y compris celle d'assassiner un animal en fanfare, affublé d'un costume pailleté. La tauromachie est le dernier bastion du récit et du mythe chevaleresques abandonnés par l'époque. Zone de non-droit, interstice sociétal, la liberté et la spiritualité s'y croisent dans une mise en abyme de la mort, l'activité fossoyeuse étant elle-même appelée à disparaître.

Le paseo éclate de magnificence sous un soleil de plomb accompagnant les trompettes de l'orchestre. Défilé des alguazils suivis des matadors, de leur quadrille et des picadors sur leurs chevaux caparaçonnés, il est fermé par le train d'arrastre, un attelage de mules chargées de traîner les dépouilles hors de la piste.

Premier taureau, El Juli pénètre dans l'arène, effectue quelques passes, puis plus rien. Je m'évanouis pendant que le picador fait son office, trouant le garrot de la bête avec sa hampe de bois terminée d'une pointe d'acier. Lorsque je reprends connaissance, mon voisin surplombe mon corps inerte étendu sur la pierre en contrebas des gradins. Il me fait avaler une gorgée d'eau avant de me raccompagner vers la sortie. « C'est votre première corrida, j'imagine ? » Le manque de salive m'empêche de lui répondre. Je regagne rapidement la rue, traversée de spasmes et de sanglots incontrôlés.

Trop aspirée par la personnalité de Léa, l'onirisme et la symbolique qui l'entourent, j'ai fui l'évidence : suivre un torero implique d'assister à des corridas, je n'en supporte pas même les prémices.

Sur le chemin du retour vers l'hôtel, je peine à marcher, mes jambes se dérobent sous l'emprise du choc, de la violence barbare et de la cruauté gratuite. La funeste folie d'une assistance qui s'en gargarise décuple le chaos. Je ne parviens pas à effacer l'immanence du regard du taureau recouvert d'un sang épais, jaillissant à gros bouillons de sa nuque percée, ni l'image d'un petit gros sur une pauvre monture et sa pique réitérée, dégoulinante de rouge et de fragments de chair.

Entre deux hoquets, j'appelle mon père, lui indique que je renonce à mon livre, je ne pourrai pas écrire ce que je vois, je suis même incapable de le vivre, je viens de toucher l'horreur humaine du doigt. Je raccroche sans lui laisser le temps de placer un mot sinon, « Je comprends, je m'en doutais, prends une douche, recouvre tes esprits et rappelle-moi. »

Au fond de la baignoire remplie à ras bord, je maintiens ma tête dans l'eau, me frotte au savon sous toutes les coutures, convaincue d'être souillée par contagion. Puis je m'allonge, rideaux fermés, et rédige une lettre à l'attention de Léa.

Ma belle, comme toi, je ne peux pas présager l'avenir, notre avenir commun. Je viens de découvrir qu'il m'est impossible d'assister à l'objet, au résultat de ton métier. La corrida m'est intolérable. Je suis désolée de ne pas l'avoir envisagé plus tôt. J'espère que tu comprendras qu'il ne s'agit pas d'un jugement moral porté sur ce que tu réalises. Je ne suis pas contre la corrida, je ne me rangerai jamais dans le camp des « anti ». Je crois qu'il est interdit d'interdire, que chacun doit rester libre dans ce monde, tant les diktats de bonne conduite y prolifèrent. Mais la tauromachie n'est pas faite pour moi, j'ai l'âme trop sensible. Ce n'est ni mon univers ni mon émotion.

Je suis donc contrainte d'abandonner le livre pour lequel j'ai tant insisté auprès de toi que j'en ai oublié le socle et les implications. Je souhaite que nous puissions continuer à nous voir si tu pardonnes mes revirements.

Abrazos et bon courage pour demain,

Gaël

*

Au moment où je colle le rabat de l'enveloppe, mon téléphone signale la réception d'un message.

Léa vient d'entrer dans la ville et me donne rendez-vous dix minutes plus tard en bas de l'hôtel. J'enfile un jean et descends l'attendre sur le trottoir, missive en main.

Après six heures de route depuis Séville, Léa sort de la fourgonnette dans l'obscurité, entourée de ses banderilleros. Sourire en lame de rasoir, son visage crispé et ses maxillaires serrés trahissent une tension sous-jacente, l'immuabilité de son introversion la veille d'une corrida. Une cinquantaine de groupies l'acclament sous le fronton de notre hôtel, celui qu'occupent les toreros parce qu'il est le plus proche des arènes, scandant son prénom comme si elle était une reine, un président de la République, un demi-dieu, Jésus marchant sur l'eau.

Une adolescente se jette sur elle et éclate en sanglots dans ses bras, deux hommes retirent leurs chemises, laissant apparaître des tatouages représentant Léa sur leurs torses velus. Une famille lui tend un nourrisson pour qu'elle le bénisse d'un baiser. Plusieurs personnes réclament des autographes, des selfies, lui remettent des petites cartes à l'effigie du Christ, de la Vierge, l'apostrophent en criant *suerte !* (chance). Aucun ne semble savoir qu'elle est athée.

Vingt minutes plus tard, elle rejoint la réception, me faisant signe de la suivre d'un index levé au-dessus de la foule dont je peine à m'extirper, les pieds écrasés par les talons aiguilles des adulatrices en robe de soirée.

M'enlaçant chaleureusement, elle m'embarque dans l'ascenseur de l'établissement au côté de Gliselia, sa comptable, dont les bras débordent de housses renfermant ses tenues de tauromachie. Suite grise, Vanity Case et sacs jetés à la hâte, Léa enfile un pull, Gliselia dispose les vestes brodées sur des cintres sans nous laisser un instant d'intimité. Je plie mon courrier dans une main tandis que nous filons rejoindre la quadrille autour d'un dîner au rez-de-chaussée dans une atmosphère de plomb. Il n'y a rien à célébrer, tout à espérer, trop de sujets tabous pour ouvrir le bec.

L'équipe discute de la logistique, regarde des corridas sur les portables. Léa m'interroge sur la dernière rentrée littéraire française, mimant une fausse détente par politesse. Je dépose discrètement l'enveloppe à son nom entre mon verre et mon assiette, nul n'y prête attention. Quelques toreros viennent la saluer, dont un matador devenu borgne à la suite d'un accident dans l'arène, suivi de Fermín Bohórquez, un millionnaire qui porte beau, propriétaire de l'élevage des taureaux qu'elle torée le lendemain.

Contrairement aux arènes dont les financements sont strictement privés, les éleveurs bénéficient d'aides européennes au titre de la Politique agricole commune, mais aucun d'eux n'a jamais fait fortune avec des taureaux de combat. Il est plus avantageux de produire de la viande destinée à la boucherie que du bétail à vocation tauromachique. Cela explique les lignées familiales aisées dont sont issues la majorité des éleveurs, pour lesquels l'activité reste une danseuse.

Au moment où Fermín tourne les talons, Léa jette un œil espiègle au pli et pouffe, « Ce sont des appréciations sur mon travail ? »

Je m'entends lui répondre par l'affirmative dans un rire excessif masquant à peine ma gêne. Le stress ambiant écrase toute velléité de lui annoncer une nouvelle susceptible de la désarçonner. Je décide de reporter la remise de mon billet au lendemain, à l'issue de sa corrida.

Plats engloutis au rythme d'un gavage, en une demi-heure, tous partent se coucher. Léa pose la main sur mon épaule, « Pardonne-moi, je dois m'éclipser, je vais regarder un navet pour me vider la tête et tenter de trouver le sommeil. »

Le lendemain matin, un brouillard aux effluves de sangria rancie nimbe les gigantesques grilles de fer de la Plaza de Toros. José María m'attend devant l'entrée pour m'emmener au sorteo, le tirage au sort répartissant les taureaux entre les matadors. Plus codifié que le mariage de la reine d'Angleterre, ce rituel attribue deux bêtes à chacun des trois rejoneadores qui vont toréer à midi, dont Léa fait partie.

Les banderilleros ont troqué leurs habits de lumière et leurs bas roses contre les tenues de truands dans des films italiens des années 1950. Wayfarer, mocassins à bouts pointus, blousons de cuir garnis de mouton, pantalons moulants laissant deviner leurs anatomies.

Nous traversons les coursives de l'amphithéâtre dans lesquelles les chevaux de Léa sont alignés, ornés de pompons et rubans verts, bleus, jaunes, rouges, queues et crinières tressées. Leur cavalière leur a rendu visite dès leur arrivée la veille au soir. Seau en main porté devant chacun, Irène, la coiffeuse de l'écurie Vicens, leur tend à boire pendant que Joaquim, le banderillero portugais, observe la scène en sifflotant les couplets du « Toréador » de Bizet.

La quadrille se rassemble au cœur de l'arène déserte pour vérifier la qualité de la piste, allume ses premières cigarettes. Tels des gnous sur le point de charger, les compères aux mises patibulaires raclent le terrain de leurs semelles à plusieurs reprises, attrapent des poignées de sable, le reniflent longuement, scrutent le ciel en dilatant les narines et demandent à l'intendant d'émotter les blocs trop compacts. J'apprendrai plus tard la raison de ce cérémonial, Léa redoutant faux pas ou glissades de ses montures.

Après les pourparlers, ils se retirent dans les coulisses inaccessibles au public. José María m'entraîne derrière lui, tenant ma main dans ses doigts serrés.

Rien n'est laissé au hasard, tout concourt pourtant à l'improvisation. Messes basses et mines graves émergeant de volutes de tabac, les équipes des rejoneadores chuchotent derrière un mur aveugle percé de regards donnant sur le corral. Cette courette à ciel ouvert, dont le sol est meublé de terre battue, abrite les taureaux regroupés en mêlée de rugby vivant ses dernières heures. Le troupeau est arrivé quelques jours plus tôt.

Le groupe de toreros débat et négocie, détaille les animaux un à un, pointe du doigt leur allure, leur beauté, inclinant régulièrement le buste dans une vénération proche du sacrement.

Les fomenteurs grimpent ensuite sur d'étroits corridors surplombant le patio, font bouger les animaux en claquant la langue *pianissimo*. Chacun griffonne les numéros figurant sur leurs croupes dans de petits carnets noircis de commentaires. En contrebas, le bétail se resserre brutalement lors de chaque mouvement de l'homme. L'isolement du taureau de combat dans l'arène déclenche ses foudres, mais ce matin, le cheptel couvert de bouses évoque davantage des vaches laitières sous cocaïne.

Portable protégé de la paume, susurrements, gestes furtifs, José María emprunte les stigmates d'un agent secret infiltré en Russie en téléphonant à Nono, le « voyeur » de Léa. Cet homme de soixante-quinze ans est chargé de décrypter la matrice comportementale des taureaux. Chaque torero vedette a le sien, ce sont eux qui aiguillent le directeur de l'arène sur les élevages avec lesquels s'engager et les individus à sélectionner en leur sein.

Très respecté dans le monde taurin, Nono se poste quotidiennement en bordure des champs avec son quatre-quatre, examine les manades, analyse les attitudes des sujets. Il connaît les lignes généalogiques de chaque animal, ses probabilités d'exceller ou non dans l'arène, son âge, sa morphologie, son tempérament, sait lequel est franc, soumis ou agressif. Ancien écuyer de l'école royale de Jerez, Nono travaille avec Léa depuis ses débuts, la suit aux courses et se rend à la finca, mais ne parle jamais de taureaux avec elle. La torero refuse toute information en amont relative aux combattants. Elle n'assiste pas aux sorteos, sans que l'on sache si elle craint de s'en émouvoir ou souhaite réserver sa surprise. « Moi, je m'en moque de la taille et du poids du taureau, ce qui m'intéresse c'est son expression, sa manière d'être, de se déplacer, d'interagir. »

L'heure du sortilège approche. Après quarante-cinq minutes de tractations, les banderilleros s'accordent sur les trois paires de fauves constitutives des lots. Ils composent des associations approximativement équitables à raison de la physionomie et du caractère des bêtes, de leur facilité ou difficulté supposée dans l'arène. Ces assemblages reposant sur la supputation se révèlent parfois inégaux. Si bien qu'un rejoneador peut affronter deux animaux d'un courage et d'une énergie extraordinaires tandis qu'un autre sera confronté à des taureaux plus compliqués. Parmi cette dernière catégorie figurent ceux qui traversent ou anticipent la trajectoire du cheval, parce qu'ils sont plus futés que les autres ; ceux qui manquent de cadence, miment la lenteur avant d'accélérer pour attraper le torero ; ceux qui demeurent sur la réserve, mesurent les distances et mettent des coups de tampons imprévisibles ; ceux qui cassent la barrière, excités par un mouvement qui les attire de l'autre côté. Les figuras, matadors stars caracolant aux premières places du classement des toreros, savent briller avec les bons taureaux et résoudre les difficultés des créatures plus complexes.

Léa m'a dressé l'éventail de ses perceptions dans l'arène lors de mon séjour à la finca. « Quand le taureau entre en piste, je ne le regarde pas dans les yeux mais j'examine sa posture, son rythme, l'endroit où il veut aller, s'il charge droit ou coupe, sa vitesse, ses jambes, sa gestuelle, s'il déplace son champ de vision vers le haut ou le bas, s'il est distrait par la foule ou affronte directement. Les taureaux les plus dangereux sont ceux qui ne se fixent pas, si bien que l'on ne sait pas où ils vont aller, s'ils vont ou non attaquer. »

Seuls deux bovidés ont été graciés dans l'histoire de la corrida à cheval, l'un d'eux était toréé par Léa. Elle a tout mis en œuvre pour que le public et le président saisissent la valeur de l'animal, sans vraiment y croire, tant l'*indulto* est rare. La bête a été reconduite au corral et soignée. Elle vit désormais au pâturage, réservant son ardeur à la reproduction.

*

La prélature solennelle se poursuit. José María me conduit dans une pièce aux voûtes humides avoisinant le corral. Une galerie de trombines sentencieuses me dévisage dans un froid de gueux.

Plus un bruit, plus un souffle, recueillement religieux. En présence du président de la corrida, les numéros des taureaux correspondant aux trois lots sont inscrits sur des feuilles de papier à cigarette, elles-mêmes roulées en boules et glissées dans des globes de cuivre de la taille d'un cochonnet. José María allume sa vingtième cigarette, Joaquim dévore le peu d'ongles qu'il lui reste, Magui, le plus jeune banderillero de Léa, tire machinalement sur la boucle de sa ceinture.

L'intendant de l'arène dispose les trois sphères métalliques dans un chapeau, le recouvre d'un journal et secoue, traversé d'un regard de Pythie. Les quadrilles se signent, lèvent vers le ciel des yeux semblant susciter l'oracle avant d'y hasarder leurs doigts tremblants. Chaque représentant d'un torero tire une boule par ordre d'ancienneté, le plus ancien commence.

À l'issue du processus, le rejoneador décidera de l'ordre de sortie des taureaux qui lui sont attribués. Les bovins sont individuellement soumis à deux contrôles vétérinaires et analyses de sang permettant de vérifier leurs capacités cognitives et naturelles. Il est de l'intérêt des toreros que les animaux soient en pleine possession de leurs moyens. Aucun dopage, aucune intervention physique ne sont envisageables, le corral étant plus verrouillé que Rikers Island.

Plutôt satisfaits du tirage, José María, Joaquim et Magui filent comme des voleurs à l'hôtel. La vie reprend son cours, fermant la parenthèse thaumaturgique aussi rapidement qu'elle s'est ouverte. Les heures précédant une corrida étant dévolues au repos dans l'abstraction du monde extérieur, ils s'enferment dans leur chambre commune et évitent toute nourriture afin de pouvoir subir une anesthésie générale en cas d'accident.

Léa m'a donné rendez-vous devant ses appartements à dix heures vingt-cinq pour assister à ses préparatifs, précisant, « Pas une minute de plus ou de moins. » À l'heure dite, elle m'ouvre la porte en collants noirs et soutien-gorge dévoilant des abdominaux dessinés en tablettes.

Elle ne s'appartient plus. Ses yeux fixent une ligne d'horizon imaginaire, son esprit est parti en voyage. Comme un automate, son corps exécute des mouvements mécaniques dans une précision semblant issue de répétitions millénaires.

Ses jambes contractées enfilent un pantalon de toile noire à taille haute, boutonné jusqu'à la poitrine. Les ourlets cliquettent de breloques métalliques en forme de chevaux. Ses bras glissent dans les manches immaculées d'un corsage court à jabots, passent des bretelles de coton ivoire aux finitions de cuir beige, un gilet et une veste en panne de velours grise brodée d'arabesques. Gliselia lace ses bottes autour d'une vingtaine de languettes de cuir, ouvre une boîte de marqueterie rouge contenant des rubans ajourés. Léa en choisit un, vérifie l'assortiment à sa tenue, le fixe de deux crochets autour de sa taille de guêpe. Un masque fige et lisse ses expressions, témoignant d'un transport dans un autre espace temporel que l'instant présent.

Nuits de princes et *Chien blanc* trônant sur sa table de chevet, je tente une conversation relative à Joseph Kessel et Romain Gary. Elle y répond par onomatopées, à croire qu'elle est privée de l'usage de la parole.

Après avoir peigné les chevaux, Irène natte avec application la tignasse noire de leur cavalière, raie basse sur le côté, tresse indienne fermée de gros grain sombre. Mais à dix minutes du départ, Léa se croise dans la glace en allant chercher son maquillage dans la salle de bains. Coup de Trafalgar. Elle demande de recommencer intégralement sa coiffure d'où débordent quelques mèches, remouille sa chevelure, attrape un pot de gel pour la fixer fermement. Mascara, crayon charbonneux, rouge à lèvres rose thé, elle s'interrompt brusquement, s'adressant à son double dans le miroir, « On va s'arrêter là, je dois ressembler à un torero, pas à une Barbie. »

L'être impalpable qui me devance à toute allure dans les couloirs de l'hôtel pour rejoindre sa fourgonnette et ses banderilleros a remisé Léa au placard, laissant place à une autre version d'elle-même, supérieure, surhumaine. Personnage nietzschéen s'il en est, elle paraît portée au-delà d'elle-même par une puissance impériale, un désir d'intensité maximale de la vie. Cette transfiguration ne se manifeste qu'à l'approche des combats.

Constatant que je la dévisage à la loupe, elle ouvre la portière de la voiture dans une justification sibylline, « Pardon, je fais des passes dans ma tête depuis hier soir. On rêve toujours de chorégraphies dans un synchronisme qui ne se réalise jamais. »

*

À onze heures, nous atteignons difficilement les arènes, traversant à une vitesse de tortue les centaines de personnes qui tapent sur la vitre du véhicule pour la toucher, la prendre en photo de l'autre côté du monde, celui où l'anxiété n'a pas encore rongé ce qu'il reste de nous, celui où la légende n'a pas abandonné son enveloppe terrestre.

La kyrielle d'initiés assistant à l'échauffement se déchaîne en démonstrations d'amour. Mains tendues et brassées de lis accompagnent l'effusion de mots doux, *Te quiero, guapa !*, *Suerte !* Même les policiers ont la bave aux lèvres, ils dévorent des yeux Léa comme s'ils approchaient une sainte.

Après avoir ajusté muserolles et gourmettes, elle se met en selle et s'entraîne dans l'étroit corridor séparant l'arène de la coursive, celui par lequel entrent les toreros et sortent les cadavres de taureaux.

Pirouettes, piaffés, pas espagnols, appuyés, galops ralentis, l'espace court et pentu ne semble pas l'embarrasser. Elle réclame toutes les dix minutes la monture suivante d'une main levée en direction de Xavier, tandis qu'il fait marcher les cracks à quelques mètres de là. Chauffeur du camion, cet homme de cheval flegmatique et réservé a passé quinze ans sur les champs de courses avant de s'engager auprès d'elle. Il peut résister aux aléas de cette vie de saltimbanque, dormant dans le semi-remorque, se chargeant de veiller ou d'isoler les animaux fougueux et conduisant les équidés dans les écuries que lui a indiquées Léa entre deux villes pour y passer la nuit, chez cet ami matador ou chez cet autre qui fait du dressage. La torero prévoit à l'avance où seront hébergés ses protégés, ce qui constitue sans doute la seule entorse à son rapport fantaisiste au temps.

Xavier sillonne vingt mille kilomètres par saison avec un poids lourd aussi luxueux qu'un hôtel quatre étoiles. Les stalles réservées à chaque équidé sont agrémentées d'abreuvoirs, parois tapissées de feutre pour éviter les blessures. Dans cet univers où le quadrupède est roi, la place accordée à l'écurie l'emporte sur celle de l'équipe, dont les trois couchages à l'avant du véhicule restent souvent inoccupés, Léa réservant hôtels ou gîtes au fil des déplacements.

L'heure tourne. La rejoneadora la demande sans arrêt à son entourage, réservant le reste de ses paroles aux chevaux, qu'elle couvre de compliments et de gratifications. Électrisée, la dizaine d'équidés trépignent d'impatience. Je constaterai leur frénésie en assistant plus tard à leurs transports. Lorsque Xavier les installe dans le camion la veille d'une corrida, ils savent où ils vont et se bousculent pour grimper en premier autant qu'ils se poussent pour entrer en piste à l'arrivée. Certains, à l'instar de Bético, doivent impérativement intervenir dès le début de la course, au risque d'entrer dans une fureur incontrôlable si l'arène ne leur est pas offerte sur-le-champ.

À vingt minutes de la corrida, les gradins sont déjà remplis aux trois quarts. Les spectateurs tapent des mains et martèlent le prénom de Léa, aussi galvanisés que s'ils attendaient Mick Jagger. Elle remplit les amphithéâtres en rock star, accumulant près de cinq cent mille places chaque saison autour d'une cinquantaine de dates, si bien que les toreros, comme les directeurs d'arènes, sollicitent opportunément sa présence. Aujourd'hui, elle partage l'affiche avec des rejoneadores de renom, mais le public lui est, comme toujours, totalement acquis.

En dépit du tumulte, elle demeure polarisée jusqu'au dernier instant sur ses mouvements équestres. Sa concentration séquentielle s'interrompt de temps à autre pour délivrer des marques d'attention à ses supporters dans une délicatesse antagonique avec l'amplification de la tension environnante. Paroles, photographies, poignées de main jalonnent l'entraînement, accompagnées de réguliers clins d'œil aux professionnels venus l'encourager.

Domingo court les bras chargés de caisses en bois sombres renfermant piques, banderilles et épées de mort. Ces boîtes ont été scellées par un huissier après le passage des policiers de l'arène, chaque ville réglementant individuellement largeur et hauteur des armes. Elles seront ouvertes aux prémices de la course.

L'entrée en piste est imminente. La quadrille s'aligne le long du corridor taché de larges traînées cramoisies, rayonnant de risettes de façade dans ses habits de lumière. Costume sable pour José María, pourpre pour Joaquim, vert pour Magui. Contemplant l'ultime galop de Léa avant le paseo, ils se signent et s'étreignent, transpirant à grosses gouttes, à croire qu'ils vivent les dernières secondes de condamnés à mort.

Calfeutrée derrière l'une des lourdes portes du corridor, j'observe Léa virevolter au ras de mon nez lorsqu'une voix me susurre un impératif, « Ne lui parlez surtout pas, il ne faut pas la déranger. » Stan Smith et jean clair, cheveux en bataille sur teint bronzé, lunettes aux montures transparentes encadrant un sourire enjôleur, Simon Casas s'est posté contre moi. J'échange quelques mots avec lui et le reverrai fréquemment, l'apoderado assistant aux spectacles de sa favorite dès qu'il en a l'occasion.

Serrurier, saltimbanque, poète, écrivain, matador, il a touché à tout avant de devenir directeur artistique et patron des plus importantes Plaza de Toros, Madrid, Nîmes, Valencia, Alicante, Saragosse, Albacete, Málaga, El Puerto de Santa María, Béziers, Lunel, Fréjus. Il a reçu l'alternative en 1975, cette cérémonie confère au torero débutant le grade de matador. Convaincu qu'il ne ferait jamais partie des vedettes dans ce métier, il a néanmoins coupé sa coleta dès le lendemain. Cette mèche de cheveux, portée en chignon par les toreros à pied, symbolise leur activité. Ils la tranchent lorsqu'ils mettent un terme à leur carrière. Les soirs de fête, Simon reconnaît également avoir été rebuté par la vue du sang et supporter de plus en plus difficilement la mort du taureau. Elle lui rappelle la sienne en vieillissant.

Ses soixante-dix-sept ans n'ont pas terni sa joyeuse folie. Fantasque et érudit, il happe les auditoires, chaperonne quantité d'artistes en tous genres, manie les métaphores et la théâtralité comme personne, parle de tauromachie en récitant des vers. Simon est une élégie incarnée, un Juif errant ayant trouvé une terre d'accueil dans la tauromachie. Son extériorité hâbleuse masque un drame intérieur, sa quête éperdue d'identité, le mystère non résolu de son ascendance paternelle. Sa double identité incarne son âme tragédienne et paradoxale. À la ville, il s'appelle Bernard Domb.

Le tableau de chasse de ce séducteur invétéré est une famille. Ses femmes et ses enfants se réunissent aux corridas autour de lui, se disputant le cœur du patriarche. Rien ne lui résiste. Ni les arènes, ni les toreros. Il a apodéré d'immenses figures, José María Manzanares père, Ortega Cano, Finito de Córdoba, Curro Vázquez, lancé Marie Sara, dont il a un temps partagé la vie. Elle est devenue rejoneadora en France, sa notoriété est restée hexagonale, sa carrière médiatique ayant pris le pas sur son parcours tauromachique.

En s'occupant de Léa, Simon a visé plus grand qu'aucune femme torero ne lui a jamais permis d'espérer.

*

L'orchestre commence à jouer. Il me guide d'une main moite dans la contre-piste, que les spécialistes appellent callejón. Ce couloir circulaire situé entre les gradins et les barrières en bois entourant le sable de l'arène accueille toreros, banderilleros, photographes, éleveurs et professionnels en tous genres. Soudain aphasique et replié, l'apoderado me demande une cigarette, « J'ai arrêté de fumer mais j'ai peur, j'ai tout le temps peur. »

Léa est sortie en triomphe, je ne lui ai jamais remis ma lettre. Ses danses, son élégance, sa fusion avec son cheval et son taureau ont été plus fortes que mon dégoût de la corrida. Elles ne l'ont ni vaincu ni effacé, mais suspendu les quelques minutes durant lesquelles elle a toréé.

Sa grâce, sa magie éteignent toute forme de vilenie, de férocité stérile qu'enfante l'âme humaine, dont la corrida peut apparaître comme étant le précipité.

L'œuvre d'art qu'elle sculpte au sein de l'arène domine les sévices et la mort du taureau autant que les considérations morales, émotionnelles ou intellectuelles. Par-delà le bien et le mal, la violence spontanée et cruelle se convertit en activité créatrice. Elle échappe au ressentiment, à la vindicte, au désir de néant qui gouvernent l'histoire, devenant le socle mystérieux d'une élévation humaine.

Les images me hantent. Je n'ai rien oublié, je lui ai tout pardonné.

*

Il ne me reste qu'un kaléidoscope intuitif des souvenirs de l'arène. Son petit corps dans une jupe-culotte de cuir clouté ; son tour de piste oreilles en mains, couverte de fleurs, de clameurs passionnées sous une pluie de chapeaux lancés sur son passage ; sa transe inextinguible ; son poignet balancé sur l'arête de la barrière, doigts gesticulants dans le vide au-dessus de la piste pendant que les autres toréent ; son feutre gris à large bord chaviré sur le nez pour masquer ses inquiétudes ; ses sautillements et grands écarts latéraux en s'échauffant dans le callejón ; son menton dressé vers le ciel pour communier avec le public ; sa main sur le museau du taureau qui jouxte son cheval au triple galop ; les pas de côté de sa monture calqués sur le tempo de la bête ; sa manière de faire reculer l'équidé jusqu'à l'entrée exacte du corridor après le paseo ; son bras allongé vers les astres, paume et doigts ouverts lors des passes ; ses genoux repliés au sol devant le taureau qui meurt, index, majeur et annulaire caressant son front. Les tableaux se succèdent, m'aspirent et me transportent autant qu'ils me rongent.

Au premier taureau, je n'ai regardé qu'elle. Focalisant mon attention sur son cheval, j'ai volontairement opéré un fondu au noir sur le fauve par crainte de m'enfuir. J'ai entendu les clairons, les hurlements de l'assistance, le brouhaha dans le corridor, sa voix dictant le nom des chevaux qu'elle exigeait au fur et à mesure des tercios, mon voisin vitupérer, « C'est un mauvais taureau ! » Mais j'ai baissé les yeux au sol avant la pose du premier rejón.

Lorsque je me suis enfin décidée à élargir mon champ de vision, plusieurs minutes s'étaient écoulées. La bête gisait à terre dans un bain de sang, paralysée, traversée de multiples lames. Magui entaillait profondément sa tête d'un coup de couteau et essuyait le métal sur son pelage, comme s'il était un torchon. La serpillière cillait encore quand on lui a coupé l'oreille, prise ou non d'un réflexe *post mortem*. Les frontières de la mort, y compris chez les humains, se heurtent au mystère. Nettoyant minutieusement le sable rouge, les balayeurs l'ont remisé dans des petits paniers tandis que les mouchoirs pleuvaient encore.

J'ai tout vu de son deuxième taureau. Léa positionnant Guitarra à quelques centimètres du toril pour attendre sa sortie ; son impassibilité sous les pales d'un hélicoptère survolant plusieurs fois la piste sans raison, apeurant les bêtes et déclenchant un sirocco sur son passage ; la foule hurlant des *magnìfica faena !* (magnifique chorégraphie) devant ses sarabandes avec le fauve.

En détaillant l'ensemble avec le détachement d'un embaumeur et l'ignorance d'un néophyte, sa singularité m'est apparue à la faveur d'une phrase andalouse, « On torée comme on est. »

Ce jour-là, elle partageait l'affiche avec deux rejoneadores de premier plan, très bien placés dans l'escalafón, le classement des toreros vedettes dans lequel Léa caracole parmi les meilleurs.

En dépit de leur maestria, les bêtes, chevaux ou taureaux, semblaient n'être que les appendices de leur ego, les faire-valoir de leur bravoure, de leur agilité et de leur mérite par le biais de démonstrations de domptage, de soumission ou d'effets excessifs. L'un d'eux plantait régulièrement les banderilles deux par deux après avoir réclamé des mains les encouragements du public dans un *eso es !* (voilà), sans pudeur ni vergogne. Il n'a pas hésité à déposer son chapeau sur le museau du taureau ensanglanté comme dans un cirque aux portes d'une boucherie.

Plus qu'une manière de toréer, Léa a inventé un oxymore tauromachique reposant sur l'absence de soi dans un univers machiste. Je constaterai cette spécificité en d'autres occasions, y compris lorsqu'elle est entourée d'autres rejoneadores glorifiés.

Son art est débarrassé de toute action factice destinée à impressionner le public. Elle ne manipule pas les animaux pour mettre en lumière ses atouts mais utilise ses ressources pour valoriser la faune, s'effaçant devant une inflexion de Diluvio, une esquive d'Aladin, comme face à la courbe, aux biais, aux arrêts ou à la course d'un taureau. Sa majesté tient à une économie de moyens telle que seule l'épure y survit. Celle du lien unissant le cheval au taureau.

Refusant d'être l'héroïne de l'arène, Léa a inversé les rôles. Elle devient le metteur en scène des créatures qu'elle accompagne dans leurs improvisations et leur rencontre. Les bêtes s'imposent en démiurges du ballet, du cinéma, du décor et de leur féerie.

Lors des dernières secondes de vie du taureau devant la silhouette agenouillée de la torero, on ne regarde ni la technicité de son estocade ni la main qu'elle dépose entre ses cornes, mais le trajet vers la mort d'un être sacré.

Devant la porte principale de la plaza, une foule hystérique guette Léa et Guillermo qui dévalent quelques centaines de mètres dans les rues, hissés sur les épaules de malabars. Sans maison ni fortune, ces porteurs font le tour de l'Espagne dans des minibus, payés par les toreros à chaque portage, chaque triomphe. Trois cents euros par matador, des milliers de kilomètres avalés. Ils jouent leur chance sur celle du rejoneador, ne réclament rien si le dauphin sur lequel ils ont parié échoue. Leur métier est une mafia impénétrable, quiconque essaie de les concurrencer se voit physiquement prié de faire machine arrière.

La cohue s'entasse devant l'hôtel, Léa signe des autographes, des photos, monte prendre une douche rapide, réapparaissant en jean et chemise blanche, cheveux humides. Des adorateurs sont venus du Portugal et de la France, deux galantins ayant fait le trajet depuis les Saintes-Maries-de-la-Mer nous accompagnent jusqu'au troquet attenant afin d'échanger quelques mots avec elle. La quadrille offre des bières, dévore des tapas et reprend son souffle, quand Léa m'attrape délicatement par le bras, « Je vois tout lorsque je suis dans l'arène, chaque visage, chaque expression. Je sais que tu n'aimes pas la corrida, je le comprends et le respecte. »

Surprenant cette intervention, José María m'interpelle pendant qu'elle va chercher ses valises, « Tous les humains ont des valeurs, tous ne savent pas forcément les exploiter. Les gens nous prennent pour des Indiens d'Amazonie parce que nous faisons un métier qui existait au Moyen Âge. Nous avons pourtant choisi notre voie en connaissance du monde moderne, nous ne sommes pas des sauvages. La tauromachie remet la conscience en place, l'art tauromachique inculque la force d'âme. La corrida défend le courage, l'honnêteté, la franchise, la persévérance, le don de soi, l'éthique, le respect de l'autre, de l'animal et de la nature. Je ne connais pas un torero qui ne soutienne pas ces principes. Tous sont proches de la terre, tous doivent vivre en harmonie avec elle. Ils ne sont pas fous d'animaux au point où l'est Léa, mais ils habitent nécessairement à la campagne et sont de fins observateurs de leur environnement. Le torero est un amoureux de taureaux et de chevaux, son mode de vie comme l'architecture de son métier façonnent des cœurs purs. Ici, tu ne croiseras jamais d'ordures. »

Saisie de perplexité face à sa démonstration stoïcienne, j'envoie plus tard un message à Léa, « Les toreros sont-ils des gens de qualité parce qu'ils ont laissé la méchanceté, la hargne et la cruauté inhérentes à l'homme dans l'arène ? »

Elle y répond par trois points de suspension.

Deuxième partie

Paris, avril 2023

Son corps constellé de cicatrices ouvre l'abécédaire du roman qu'elle tait. Chaque estafilade incarne un nom, un poids, une arène, une ville, un combat. L'identité des taureaux couture sa peau de souvenirs. Il y en a de toutes les tailles, sur chaque partie de sa silhouette galbée, jambes, bassin, abdomen, dos, épaules, je les ai discrètement observées lors de son habillage avant la course de Valencia. Le temps a transformé certaines blessures en lignes blanches aussi fines que des fils de soie découpant l'ambre de son épiderme. D'autres entailles, plus profondes, ne s'effaceront jamais.

Ce soir, personne ne prête attention à la balafre de vingt centimètres qui dépasse de son chemisier de popeline blanche à manches courtes lorsque nous débarquons, au pied levé, à un dîner organisé par un ami commun sculpteur. Léa fait inopinément escale à Paris, elle revient de quarante-huit heures de repos avec sa mère et sa sœur en Islande.

Dans le salon parsemé de kilims, catalogues raisonnés et statues africaines, un couple d'écrivains accompagné de B., une actrice française en vogue, partagent le chablis qui coule à flots. Ils sont bientôt rejoints par Alfred, un philosophe dont j'ai lu dans la presse une tribune prenant sévèrement parti contre la tauromachie. Aucun des invités ne connaît la torero ni le métier qu'elle exerce. L'atmosphère chaleureuse desserre sa sauvagerie, je l'entends rire et blaguer, surmontant l'impénétrabilité qu'elle affiche parfois en milieu hostile.

« Je travaille dans le milieu du cheval. » C'est ainsi qu'elle se présente à eux au cours de leur échange. Toute entrée en territoire inconnu est l'occasion de s'affranchir des interrogatoires récurrents sur son histoire comme des réactions intempestives que génère la corrida.

Son port de tête altier et sa cambrure glissée dans un pantalon à pont ne caractérisent pas précisément le style d'une écuyère, mais nul ne cherche à l'interroger plus avant sur son activité.

Au moment du plat, B., pétillante d'alcool désinhibiteur, l'apostrophe en désignant du doigt sa blessure. Il manque l'équivalent d'un steak entre son coude et son humérus. « J'aime les beautés qui assument leurs défauts, tu as eu un grave accident j'imagine ? »

Notre hôte rétorque de but en blanc, « Notre camarade n'est pas seulement cavalière, elle est aussi torero. » Silence abrupt, tintements des couverts en argent subitement lâchés sur la porcelaine.

Léa rebondit dans un naturel désarmant de simplicité, « Ce n'est qu'un incident du quotidien, rien de majeur, je n'ai pas eu la fémorale arrachée ni reçu un coup de corne dans les tripes. » Puis elle change immédiatement de sujet, interpellant les écrivains sur leurs derniers ouvrages sans parvenir à fendre la pesanteur qui s'est installée.

Entre fascination et stupéfaction, les convives, dont les mines blêmes trahissent l'aversion tauromachique, engloutissent leurs verres cul sec. Contre toute attente, leur curiosité a rapidement raison de leur répulsion, une montagne de questions enflamme la conversation. Plus aucun thème ne sera abordé au cours du dîner sinon la vie de Léa. « Comment es-tu devenue torero ? Est-ce que tu as peur de mourir ? As-tu conscience que la corrida sera bientôt interdite ? »

Chacun s'encanaille à l'écoute de son récit homérique. Elle se prête humblement au jeu, retourne malgré elle l'assemblée au rythme d'aventures transitives qu'elle cherche à banaliser.

La causette germano-pratine prend ensuite une tournure économique alors qu'elle déteste parler d'argent. Alfred nous apprend qu'El Juli – qui s'apprête à prendre sa retraite – engrangeait chaque année des millions dans les arènes. Léa ne précise pas qu'il la coiffe largement au poteau.

Les vedettes de la corrida à cheval effectuent une cinquantaine de courses par an et perçoivent des cachets variables selon l'importance des plazas, mais leur rémunération reste toujours inférieure à celle des toreros à pied. Par ailleurs, les rejoneadores supportent des frais annexes plus conséquents que ceux des matadors. L'entretien des écuries, la masse salariale afférente, les coûts de déplacements avec la quadrille, les chevaux et le personnel qui leur est alloué constituent une véritable entreprise dont il faut pouvoir assurer les charges.

B. lance une dernière salve lorsque nous prenons congé, « As-tu un peu de place pour l'amour dans tout cela ? Tu as trente-huit ans, du coup tu vas renoncer aussi aux enfants ? À quel âge vas-tu cesser de toréer ? »

Les mains de son interlocutrice agrippent les boutons de son pantalon et les tournent sur eux-mêmes comme des toupies. Après un court silence, la torero balbutie, « Quand j'aurai une famille, j'arrêterai la corrida. Je peux avoir peur pour moi-même mais pas pour quelqu'un d'autre. » Puis elle opère une pirouette, déplaçant habilement le propos vers la descendance d'autres toreros célèbres. C'est ce qu'elle appelle « faire une passe ».

Alfred m'accompagne dans le bureau de l'appartement où sont entreposés nos manteaux, les joues enflammées par un engouement soudain. « Elle est inouïe de puissance et d'intensité… Je veux la suivre en même temps que toi pendant toute la saison tauromachique. » Connaissant son animosité à l'égard des corridas, j'éclate de rire, loin de deviner qu'il dit vrai. Pris d'une folie amoureuse platonique qu'il ne lui avouera jamais, il parcourra quinze mille kilomètres en sept mois, ne manquant aucune de ses apparitions publiques en Espagne comme en France.

À l'heure des au revoir, le reste du groupe se dispute en amabilités auprès de la rejoneadora devant l'ascenseur et lui annonce se rendre à Arles pour la voir toréer huit jours plus tard, ce qu'il fera effectivement en dépit des réticences initiales.

*

Retour en voiture sans mot dire. En approchant du domicile de sa sœur chez laquelle elle dort, Léa appuie sa tempe contre la vitre embuée avant de descendre du véhicule, « Je n'imagine pas mon existence sans corrida, j'aime trop cela, cette vie, la transe, l'adrénaline, la création quotidienne. Je m'arrêterai au faîte de la gloire, je ne veux pas connaître la dégringolade... Il faut peut-être que je songe à fonder une famille sans penser systématiquement que mes enfants n'auront pas de mère. »

Par le fruit du hasard, la maman de Léa arrive sous le porche de l'immeuble à l'instant où sa fille prononce ces phrases. Je propose à Dominique de convenir d'un rendez-vous rapide afin de retracer le parcours de sa cadette, les enlace toutes les deux et les abandonne dans la nuit.

Quarante-huit heures après notre échange nocturne dans la rue parisienne, je reçois un mail de la mère de Léa accompagné d'une longue lettre figurant en pièce jointe.

Chère G.,

Vous avez voulu m'interroger sur l'enfance de Léa et sur notre famille lorsque nous nous sommes croisées.

Étant plus à l'aise par écrit qu'à l'oral, voici quelques mots qui, peut-être, vous éclaireront.

J'ai tenté de regrouper ici les souvenirs déterminants qui essaiment sa construction. Mais vous savez combien la mémoire d'une mère peut être subjective et, sans doute, sélective.

J'accompagne Léa à Santander cet été, nous pourrons discuter à cette occasion, si vous en ressentez encore la nécessité.

Bien à vous,

Dominique Joffre

La Puebla del Río, 4 avril 2023

J'ai toujours su que Léa était singulière.

Depuis l'enfance, elle vit dans sa bulle, dans un monde qui n'appartient qu'à elle. Lorsqu'elle avait quatre ou cinq ans et que nous partions dans les Pyrénées – dont je suis originaire –, Léa marchait des heures dans les alpages avec le berger, pêchait, passait ses journées à dénicher des empreintes d'animaux, grattait la neige, y glissait son nez pour reconnaître un pas, une odeur de mouflon, de chamois ou de marmotte. À Nîmes, une fois les devoirs terminés, elle n'a jamais rien fait d'autre que s'occuper de son zoo et monter à cheval, construisant des cabanes pour ses poules, des labyrinthes pour ses lapins, des enclos pour ses chèvres. Elle recueillait toutes les bestioles qui passaient, hérisson, daim ou grand-duc, réclamant une bête supplémentaire à chaque anniversaire.

Ses occupations favorites, socialement marginales, correspondaient à son tempérament. Léa a toujours préféré la fréquentation des animaux à celle des humains. Solitaire, farouche et indépendante dès la maternelle, elle se cachait sous une table lorsqu'un étranger arrivait à la maison, se dissimulait derrière les rideaux quand nous allions chez des amis.

Elle s'est rendue à quelques boums à partir de la troisième, mais ses bandes d'amis véritables ne se sont constituées qu'en terminale.

Léa a hérité de son père un caractère coulé dans l'acier. Elle a l'impulsivité et la détermination en bandoulière, comme Jacques. Quand elle prend une décision, rien ne peut la faire changer d'avis ; si elle attrape une colère, elle peut défoncer un mur. À la suite d'une altercation avec son père à l'adolescence, elle avait d'ailleurs laissé une marque de coup dans celui de sa chambre.

Jacques était colérique, intransigeant et intolérant en dépit de ses immenses qualités. Il l'a élevée dans l'excellence comme nos deux autres enfants. Nos petits pouvaient tout entreprendre, tout tenter, dès lors qu'ils le faisaient parfaitement.

Au début de mon histoire avec lui, nous sommes partis tous les deux en Afrique. Nous avons traversé l'Algérie, le Nigeria et le Cameroun avec une 404 que nous avons dû vendre pour subvenir à nos besoins. Ensuite, Jacques coupait la carte routière en deux à l'occasion de nos disputes. L'un partait en stop vers le nord, l'autre vers le sud... Léa lui ressemble par sa radicalité.

Elle avait un lien extrêmement fort avec son père. Il était très fier d'elle, mais elle n'en parle jamais, ne supporte même pas que l'on prononce son nom. Sa blessure est trop profonde. Il a disparu il y a un an, j'ai découvert la même année que j'avais un cancer. Ironie du sort, il est mort très exactement deux jours après mon opération. Déjà affaibli par un AVC, il avait du diabète, une septicémie l'a emporté.

Jacques était un aventurier, un homme de culture, un atypique qui aimait la fête, les livres et les autres. Il a fait mille métiers, déroulé mille chemins de traverse, vendant régulièrement camions et voitures en parcourant la corne africaine. Il roulait les « r », c'était une trace familiale. Sa mère d'origine ardéchoise, et son père, fils d'immigrés majorquins, travaillaient dans l'intermédiation de fruits et légumes entre agriculteurs et commerçants, au sein d'une zone industrielle nîmoise. Jacques a d'ailleurs repris ce commerce.

Son grand-père gitan, natif du port de Sóller, était surnommé « le Deou de Palma » dans les Baléares. Jacques partageait son esprit iconoclaste et sa personnalité trempée. Il tapait parfois du poing sur la table, Léa tapait plus fort que lui.

Grand aficionado, passionné par le surréalisme et le symbolisme, il vivait entouré d'artistes et de flibustiers. Alors ma mère a considéré que je faisais une mésalliance lorsque je me suis amourachée de Jacques, ma famille cérétane s'inscrivant dans des schémas plus conventionnels.

Ma mère était née à Saigon, son père travaillait comme officier en Indochine. Il est mort lorsqu'elle avait huit ans. Belle comme le jour, un peu snob, elle avait épousé un directeur de travaux publics, mon père, mais s'est suicidée à cinquante-huit ans par égoïsme et égocentrisme, craignant de vieillir. J'ai été élevée par ma grand-mère, originaire des Pyrénées-Orientales.

Tous mes copains étaient amoureux de ma mère. Léa est pimpante comme l'était maman, elle lui ressemble physiquement.

Quant à moi, j'ai fait voler en éclats un premier mariage avant de rencontrer Jacques, que je n'ai d'ailleurs pas épousé. Je m'ennuyais dans mon premier couple trop petit-bourgeois, trop prévisible, trop plan-plan. Je m'étais mariée parce que j'étais enceinte de ma fille aînée, Emma. Jacques l'a toujours considérée comme sa fille, et réciproquement. Elle l'a appelé « papa » dès nos premiers jours de vie commune.

Bien qu'ayant quatorze ans d'écart avec Léa, Emma a veillé en fée sur sa cadette et continue de le faire. Elles sont fusionnelles. Leur frère Antoine est maître d'école, je lui ai peut-être transmis le goût de l'enseignement, ayant moi-même été professeure de lettres dans un lycée privé après mes études littéraires.

Ce n'est pas simple pour Antoine, il doit surnager dans cette fratrie, entouré de deux caractères féminins hors norme. Emma est devenue une figure de la mode alternative et écologique, vous l'avez sans doute vue dans les journaux. Ses multiples voyages en Amérique latine lui ont donné le goût de l'aventure et des belles matières.

Pour conclure, je vous dirai deux choses sur Léa. La première : il y a des enfants qui n'ont pas de choix, Léa en avait trop. Elle était forte en sciences, très sportive, championne de ski, excellente cavalière dès son plus jeune âge. Nous l'avons mise à cheval à un an, la tenant par la main et la taille lorsqu'elle était en selle. Elle a su monter avant de parler, tenir ses rênes avant de formuler une phrase complète.

Je me souviens d'une fête en Camargue avec plusieurs toreros, elle devait avoir treize ans, et déjà, tous m'avaient parlé de son allure, pendant qu'elle déroulait des figures équestres devant eux. À cette époque, elle n'aimait pas la corrida. C'est venu plus tard. Jacques l'emmenait aux arènes sur ses genoux dans son enfance, puis aux corridas à cheval, le lundi matin. Dans les années 1980, certains puristes préféraient les matadors à pied, si bien que nous récupérions les places du parrain de Léa, Gérard Dupuis, alors éditorialiste au journal Libération.

Léa a cessé de se rendre aux arènes vers la fin de l'école élémentaire, jugeant brusquement cela trop injuste pour les animaux. Je crois qu'elle y est retournée l'année du bac.

Deuxième chose : il y a des gens qui n'ont pas de codes, Léa en déborde. Par exemple, je sais qu'avec elle, le mot taureau est prohibé, le mot cheval est toléré, il ne faut surtout pas lui demander comment s'est comportée sa monture en corrida. L'amour des bêtes chez elle, c'est un débat sur la différence : il y a un fossé entre celles qui se trouvent dans l'arène et celles qui sont au-dehors.

De la même manière, lors des corridas, ce n'est plus ma fille mais une torero que je ne comprends pas. Je ne reconnais pas mon bébé qui s'extasie devant les yeux bleus de son petit chien. Ce n'est plus la même personne.

Je n'ai jamais été particulièrement fan de tauromachie. Je ne mets plus les pieds dans les arènes, j'ai trop peur pour elle. Je préfère souffrir en silence et attendre le téléphone. Si je me trouve dans la même ville qu'elle au moment où elle torée, sa sœur et moi marchons loin des plazas pour ne pas entendre la foule crier. Lorsqu'il y a du bruit, c'est qu'un problème surgit.

Voilà, j'espère vous avoir un peu aidée dans vos recherches.

Je vous écris ces mots depuis ma maison à La Puebla del Río. Comme je vous l'ai dit, nous avions emménagé en Espagne avec Jacques il y a quelques années. Notre idée première n'était pas de nous rapprocher de Léa, bien qu'aujourd'hui je sois heureuse de n'être pas trop loin d'elle.

Amitiés, D.

Après lecture, je réponds à ce mail par un mot de remerciements court et circonstancié.

Ni Dominique ni Léa ni aucun membre de leur famille ne me reparlera de Jacques ou des sujets intimes évoqués dans cette lettre.

La pudeur du clan Vicens comme la douleur liée à la disparition du patriarche interdisent tout déballage personnel.

En choisissant de m'écrire, Dominique a évité les questions par lesquelles j'aurais pu réagir lors d'une discussion à bâtons rompus.

Féria d'Arles, Pâques 2023

Au pied des arènes, un îlot de verdure échappe au subtil mélange de pastis, d'urine et de paella caractéristique des férias. La maison d'Alfred, demeure du XIVe siècle rénovée dans les règles de l'art, abrite un patio rectangulaire tapissé d'une pelouse ondoyante. Léa nous y rejoint pour déjeuner dès son arrivée de Séville, elle torée le lendemain. Les banderilleros jouent au ping-pong avec les enfants d'Alfred le long d'un couloir de nage en carreaux de ciment céladon, ils se parlent avec les mains, aucun ne comprenant la langue de l'autre. Yacin, le meilleur ami de Léa, entre les bras chargés de bouteilles d'huile d'olive de la finca. La torero en offre à chacun, tout en buvant un coca sur une chaise longue.

D'une élégance et d'une bienveillance rares, Yacin porte cheveux et moustaches gominés, veste et plastron, sourire en escarcelle. Il est l'échappatoire d'intelligence, de gaieté et de finesse dont Léa a besoin. Sa prolongation. Ce danseur de flamenco sait ce qu'elle pense sans qu'elle le formule. Il l'isole lorsque personne ne doit la déranger, blague si elle a le cœur lourd. L'accompagnant régulièrement aux courses depuis ses débuts, il la coiffe et s'occupe de ses chevaux, règle les restaurants, éloigne les malotrus, guette les âmes généreuses. Comme elle, il a poursuivi un rêve inaccessible. Traversant le cuir d'un milieu qui rejetait son origine maghrébine, il s'est fait adopter par le monde gitan. Les deux larrons ont traversé nombre de nuits festives côte à côte, mais ils se ressemblent trop pour être réunis par une quelconque forme d'ambiguïté.

Pendant qu'elle s'éclipse dans une bodega où un cercle d'aficionados lui remet un prix en chansons et costumes traditionnels camarguais, Yacin annonce se rendre avec Léa à la corrida de l'après-midi. Croyant bien faire, j'achète une place sur-le-champ, en dépit de ses mises en garde déclenchant l'hilarité générale, « Attention, ce sont de gros taureaux et une corrida à pied, le combat risque d'être rude, tu ne le supporteras peut-être pas. »

L'atmosphère guillerette ne présage pas la violence larvée sur le point d'exploser. Léa illumine ma vie par sa netteté, l'interroge par sa démesure. Suivre les courbes de son mystère impose un contrôle émotionnel que je n'ai pas. Son odyssée m'exalte, sa dualité paroxysmique m'ébranle. La cohabitation d'un être capable de tuer et de manifester tant de tendresse et de bonté désoriente mes repères.

Une dizaine de sièges nous sépare au premier rang de l'amphithéâtre. Nous échangeons des clins d'œil et des messages téléphoniques rapidement interrompus. Dès le début de la course, la monture du picador – qui intervient dans le premier tercio des corridas à pied – accuse une violente charge du taureau. Le fauve glisse sa tête sous le ventre de l'équidé et le renverse brutalement au sol. Le cheval reste allongé sur le flanc sans bouger une oreille, tête étendue dans le sable, comme mort. Le personnel de la plaza accourt, met un temps fou à le redresser, la pesanteur du caparaçon molletonné qui l'entoure freinant ses mouvements. Une fois debout, le quadrupède marche à reculons malgré ses yeux bandés. Il ne souhaite clairement plus retourner au combat mais son cavalier le talonne pour le contraindre à avancer.

La vision du supplice détrône la présence de Léa, assise à quelques mètres de moi. Traversée de pleurs convulsifs et éructant de rage, je me lève, grimpe sur mon siège et crie au picador, « Laisse-le tranquille ! C'est toi qu'il faut piquer, c'est toi qui dois mourir ! » Je ne le hurle pas une fois mais à cinq ou six reprises. Mes voisins me demandent de sortir, « Madame, si vous ne supportez pas la corrida, vous seriez aimable de ne pas nous déranger. » Je demeure à ma place en dépit des admonestations.

Alfred, devenu aficionado en un tournemain par inclination pour Léa, me serre dans ses bras, quelques âmes charitables me tendent des mouchoirs et de l'eau minérale. Je passe la fin de la course à regarder mes pieds.

À l'issue du spectacle, nous rejoignons la porte principale des arènes. Léa m'y attend dans une stature de commandeur. Espérant qu'elle n'a pas entendu mes saillies, je lui demande comment elle va pour engager la conversation. Elle m'assène aussitôt d'une voix métallique, « Tout le monde sait que tu es avec moi. Il faut que tu te maîtrises si tu veux continuer à me suivre. Contrairement à ce qui était prévu, tu ne seras pas placée au callejón pendant que je torée demain. » Puis elle fait volte-face et disparaît.

Je reste sans nouvelles durant la soirée, alors qu'elle devait déserter l'hôtel éloigné et sinistre qui l'accueille pour dormir avec nous chez Alfred. Vers minuit, elle m'envoie néanmoins un message précisant qu'elle va compter les taureaux à la place des moutons pour s'endormir. C'est une blague entre nous, lui ayant un jour avoué que je dénombrais les poissons pour sombrer dans les bras de Morphée.

Son SMS se termine par un post-scriptum revenant sur la chute du cheval, « Ne t'inquiète pas, c'est un incident classique. Il n'a pas été blessé, son immobilité était liée au poids de son harnachement et au dressage reçu qui lui impose l'immobilité. »

Le lendemain matin, Yacin me confirme mon châtiment durant l'échauffement de Léa, en contrebas des remparts arlésiens. Ma place initialement prévue au callejón échoit à Alfred, je serai reléguée au premier rang pendant sa corrida.

Le couloir en bordure de piste est une récompense que j'ai pourtant réclamée. Il offre un point de vue rapproché sur les souffles et les regards des bêtes tout en dévoilant une dramaturgie parallèle. Celle des banderilleros et des toreros qui y courent en tous sens parmi les capes, épées de mort, chiffons et couteaux rougeoyants, sur fond de friselis pétrifiés.

J'allume une cigarette pour digérer ma punition lorsque Simon m'aborde et me demande du feu. Mais il s'écarte et laisse tomber mon briquet jaune à terre au moment où je le lui tends, « Ah !

Malheureuse ! Chez nous le jaune porte la poisse, range cela tout de suite ! »

Trop tard. Au deuxième taureau de Léa, l'animal défonce la porte de la barrière et passe dans la contre-piste. Le bois explose en mille morceaux telle une boîte d'allumettes renversée. Un vigile, tentant de bloquer la bête, finit encorné. Les banderilleros parviennent finalement à replacer le combattant égaré dans l'arène. Le personnel de la plaza répare à la hâte la fermeture. José María, accoudé sur l'arête de la palissade, murmure à Léa, « Continue, c'est un bon taureau. »

Elle réussit à fixer son attention et le stabilise dans le temps imparti par le règlement taurin, équivalant à une vingtaine de minutes entre l'arrivée en piste d'un taureau et la sortie de sa dépouille.

L'extrême codification de la corrida ponctue de clarines les minutes allouées aux trois phases de la course, sous la houlette du président. En dépit de cette horloge sonore, l'atemporalité habite les plazas. L'harmonie chorégraphique, la prestation du torero, le synchronisme entre les animaux et l'efficacité de l'estocade transforment les secondes en siècles ou les font défiler à l'allure du Concorde si la magie opère.

Léa sort en triomphe. Après son portage a hombros et un bref rafraîchissement à l'hôtel, elle rejoint notre petit groupe d'amis dans une pizzeria, accompagnée de sa quadrille et de Simon.

B., la comédienne présente au dîner parisien la semaine précédente, s'est évanouie dès l'arrivée du deuxième taureau mais tait l'incident et embrasse la torero, les yeux encore bordés de larmes. Percevant son trouble, Léa l'étreint longuement. Elle lui explique que la libération de certaines hormones, dont font partie les endorphines, joue un rôle analgésique pour le fauve. Liée au stress, à l'effort physique et à la douleur, la sécrétion de ces substances en quantité élevée et constante lors de la corrida annulerait la perception de la souffrance par la bête, ce qui justifierait qu'elle affronte plutôt que de fuir.

Léa m'a déjà parlé de cette théorie qui divise le monde scientifique, elle m'a également adressé une thèse madrilène la développant.

Son exposé terminé, je raccompagne la rejoneadora jusqu'à sa fourgonnette dans un mutisme réciproque. Faisant table rase de l'incident de la veille, nous nous tenons par la main, malgré l'implacable constat. Sa passion déclenche chez moi une agressivité réveillant la sienne. Nous sommes captives d'un trop-plein émotif que les mots ne peuvent panser.

Son téléphone sonne alors qu'elle grimpe dans la voiture. Bartabas est au bout du combiné. Le fondateur du théâtre équestre Zingaro s'apprête à lui confier l'un de ses chevaux.

Si elle n'était pas torero, Léa serait béatifiée par la S.P.A. Reine des chiens perdus sans collier, mère Teresa des animaux blessés ou abandonnés, elle recueille l'ensemble du bestiaire amoché croisant son chemin.

Combien de fois nous a-t-elle arrêtées sur les routes andalouses pour récupérer un lapin frappé par la myxomatose, un loup estropié par un coup de fusil, un lynx boiteux, un blaireau couvert de croûtes errant sur le bord de la chaussée qu'elle couchait délicatement dans le coffre du véhicule et dorlotait comme des enfants à la finca ? De nuit comme de jour, je ne les compte plus.

Rien de plus naturel alors qu'elle se porte candidate auprès de Bartabas pour adopter Van Gogh, un cheval dont il n'a plus l'utilité et auquel il manque une oreille. C'est la raison du coup de fil du scénographe, averti par l'entremise d'un ami commun des velléités de Léa. Les deux stars de l'équitation se connaissent, partagent le goût du ballet équestre et la relation fusionnelle aux quadrupèdes.

Nul ne se bouscule pour adopter Van Gogh. Son rapport à l'homme a été si vicié lorsqu'il était poulain qu'il mord et attaque toute personne l'approchant. Bartabas l'a accueilli à l'âge d'un an et demi, le sauvant d'un abattoir au Portugal sans connaître son histoire. À l'époque, l'animal était marqué de larges traces de fils barbelés sur la cuisse mais il n'a jamais su si son unique oreille droite était le fruit d'un accident ou s'il était né ainsi, aucune cicatrice n'apparaissant à l'endroit où aurait dû se situer l'oreille gauche.

Utilisant à dessein les vertus de son hostilité, Bartabas lui a donné un rôle à sa mesure au sein de ses représentations et l'a gardé huit ans. Van Gogh figurait parmi les trente-neuf vedettes de son spectacle *Ex Anima*, dans lequel les tableaux successifs étaient interprétés par des montures sans cavalier. Sa robe gris pommelé surgissait parmi les fumigènes pour courser des personnages basculant rapidement hors de la piste afin de ne pas se faire attraper. Il a fini par arracher le costume d'un figurant.

Fou de tauromachie, Bartabas offre ce cheval à Léa qui envoie sur-le-champ un transporteur aux écuries de Zingaro. Attirée par la singularité physique, le parcours chaotique et la beauté de ce

Lusitanien à tête busquée, elle est convaincue qu'il sera heureux chez elle.

Quelques semaines plus tard, le seigneur atrophié débarque à la finca après trente heures de camion. Son bellicisme contraint à l'encadrer de deux cordages pour le conduire vers un enclos. Quand Léa lui apporte du grain et se glisse à l'intérieur du paddock, il la charge si rapidement qu'elle trouve à peine le temps de lever les mains pour l'effrayer et dévier sa trajectoire, avant de courir de l'autre côté de la barrière.

Van Gogh change de comportement en moins d'un mois. Lorsqu'elle se décide à le monter après plusieurs journées de repos, il se cabre durant plus d'une heure, humide de transpiration. Mais il doit se résoudre à revenir sur ses quatre pieds, constatant qu'il ne parvient pas à désarçonner sa cavalière.

Bartabas avait fait de son animosité un atout ; Léa contre sa nature en l'empêchant d'être malveillant, tissant peu à peu avec lui une communication basée sur la collaboration. Dès qu'il cesse de se dresser pour la renverser, elle le récompense en descendant de son dos. Parfois, la séance ne dure que deux minutes. Plus les jours passent, plus il accepte la présence humaine sans manifester la moindre brutalité à son égard. Après trois semaines de voyage en enfer, Van Gogh renonce à la mettre à terre et ne sort plus les dents.

Désormais, Léa nourrit de nouvelles ambitions pour ce dragon mué en agneau. Elle a repéré la combativité constitutive de son tempérament et l'entraîne en vue de consacrer son originalité dans les arènes.

Témoin de la conversation téléphonique initiale entre Bartabas et la torero, j'ai assisté aux prémices de cette histoire. Léa m'en a progressivement rapporté la suite, m'envoyant quotidiennement les vidéos des progrès du cheval.

Van Gogh est son dernier défi.

Île de Port-Cros, mai 2023

Quelques semaines après la féria d'Arles, je propose à Léa de faire un crochet par ma maison familiale sur l'île de Port-Cros. Elle est située à quelques encablures du Gard, où la torero est conviée à une tienta. Ces épreuves de sélection auxquelles les éleveurs de taureaux de combat soumettent leurs génisses dans l'arène déterminent leur instinct d'attaque et la bravoure nécessaires à la reproduction.

Ayant toujours des remords à s'accorder du temps libre, elle répond d'abord négativement à mon invitation, avant de me rappeler, enjouée, « J'adorerais venir passer une demi-journée, je reprendrai l'avion pour Séville le soir même, si cela te convient. »

Elle connaît parfaitement les îles d'Or, dont Port-Cros fait partie. Lorsqu'elle était enfant, ses parents l'emmenaient sur leur petit voilier jaune sillonner cet archipel au large de la rade de Toulon.

Elle a conservé le pied marin, le goût de la natation longue distance et de la contemplation de la faune aquatique. Elle assouvit à présent sa passion maritime en naviguant régulièrement dans les Baléares sur une petite baleinière qu'elle vient d'acquérir avec quelques amis.

Le jour de son arrivée, je vais la chercher en bateau sur le continent, au port de Hyères. S'amarinant en un clin d'œil, elle prend immédiatement la barre de mon semi-rigide, réalise un nœud de chaise pendant que nous patientons à la station de carburant, retire chaussures et vêtements pour franchir les embruns en maillot de bain, dirigeant l'embarcation sans encombre dans la houle durant l'heure de traversée malgré l'avis de tempête.

Nous ancrons le canot dans une calanque de l'île à l'abri du vent, décidées à récolter un festin d'oursins dont elle raffole. Elle se jette dans l'eau turquoise après m'avoir demandé, « Pas de requins ici ? » Léa peut affronter les taureaux et la mort, dominer toutes ses peurs sinon la panique des squales et de l'avion. Une fois rassurée, elle disparaît sous les flots une vingtaine de minutes, armée d'une fourchette et d'un sac en filet pour pêcher notre butin, remontant sur le navire avec une dizaine de sphères épineuses violettes en main.

Elle découpe aux ciseaux les mollusques, agenouillée à l'arrière du pneumatique, son masque encore relevé sur les cheveux. Je me réchauffe sur le pont, à un mètre de là. Je l'entends alors articuler distinctement, « Si je devais écrire un livre, ce serait une histoire d'amour. » Elle détache chaque syllabe et déroule subitement son récit tout en continuant son ouvrage. Quatre années d'amour racontées d'une traite, en dix minutes.

Ayant ouvert toutes les coquilles, elle range notre repas dans un panier et redémarre l'esquif en fixant la ligne d'horizon, sans autre commentaire.

Léa n'aborde les sujets cruciaux que par incidence. Je constaterai par la suite qu'elle ne s'ouvre des questions brûlantes de son existence qu'au beau milieu de la Méditerranée.

N'ayant pas eu le loisir d'enregistrer notre conversation, je retranscris ici l'histoire de mémoire.

Tan-Tan, Maroc. 2008

Ils se sont rencontrés dans le sud du désert marocain, en territoire sahraoui. Léa était venue repérer des chevaux barbes destinés aux courses de Fantasia, cette tradition au cours de laquelle des écuyers munis de fusils à poudre chevauchent des montures richement harnachées et simulent une charge de cavalerie dont l'apothéose est le tir coordonné d'une salve de leurs armes à feu.

À la recherche de poulains qui n'avaient pas encore été entravés par la main de l'homme, elle campait plusieurs jours dans sa voiture en plein Sahara occidental, accompagnée d'un fixeur. Estéban sillonnait le désert en quête d'inspiration. Peintre et sculpteur de renommée internationale, il revenait sur les traces d'Eugène Delacroix et des orientalistes pour réaliser une série d'huiles commandée par un collectionneur américain. Ils se croisèrent à l'occasion d'un moussem proche de Tan-Tan. Seuls deux Européens mouchetaient la trentaine de tribus nomades venues célébrer ce rassemblement culturel.

Elle avait vingt-trois ans, il venait d'entrer dans sa cinquante-cinquième année. L'écart générationnel ne les retint pas longtemps.

Las des coteries occidentales et de la financiarisation de l'art contemporain, Estéban sortait d'un divorce compliqué et ne voyait qu'occasionnellement ses deux enfants âgés d'une vingtaine d'années. Il traversait une passe difficile, sans envie ni projection, ne croyait plus en rien. Auprès de Léa, il réapprit à vivre, cessant peu à peu d'avaler les drogues et l'alcool qui égayaient sa vision du monde.

Plus tard, il l'emmena chez lui, dans son ksar proche de l'Oued Chbika. Tous deux épris d'esthétisme, de grands espaces, d'intensité existentielle et de vertiges émotionnels, ils s'allongeaient régulièrement sur les toits-terrasses, guettant les constellations et le cri des oiseaux migrateurs dans la nuit. Les activités de Léa auprès d'Ángel Peralta lui interdisant de s'éloigner de sa tâche, ils reproduisirent ensuite le rituel couchés dans la glaise des champs andalous.

Estéban lui demanda rapidement sa main. Léa refusa, tiraillée entre son amour pour lui et sa volonté d'indépendance, sa crainte permanente que son couple entache sa vocation tauromachique, compte tenu de la notoriété de son amoureux.

Ce qu'elle redoutait arriva. Un jour qu'ils traversaient ensemble les rues madrilènes en se tenant par la main, des paparazzis les prirent en photo. La volonté d'échapper à toute association comme le sentiment d'une intimité violée conduisirent Léa à mettre un point final à leurs quatre années d'histoire.

Elle regrette chaque jour cette radicalité de jeunesse.

Estéban racheta les clichés qui ne parurent jamais. Quelques semaines plus tard, il lui fit livrer un chiot dans un carton assorti d'un petit mot, « Sa sœur jumelle vit chez moi, la famille aimerait beaucoup se retrouver. » Léa s'interdit de répondre à cette missive comme aux multiples messages suivants. Elle offrit le canidé à sa mère qui s'en occupe encore aujourd'hui.

Estéban trouva la mort un mois après dans un accident de voiture en Espagne. Les éléments de l'enquête relevèrent la forte suspicion d'un geste intentionnel.

Trois années passèrent. Lors de la fête des toreros que Léa organise chaque année chez elle à la fin de la temporada, le fils aîné d'Estéban débarqua à la finca à la tombée de la nuit. Quelqu'un l'avait averti de la soirée. « Je suis juste venu te dire que mon père t'aimait profondément et intensément. »

Elle ne savait pas qu'il avait parlé d'elle à ses enfants.

Féria de Nîmes, Pentecôte 2023

Raisy appartenait au cirque de Moscou dans les années 1980. À quelques heures d'un spectacle au Palais des Sports de Paris, son propriétaire la retrouve couchée, inerte. Affolé, il appelle son ami Alexis, un fin connaisseur des pachydermes car Raisy est une éléphante. En l'examinant, Alexis constate la sécheresse de sa bouche et de ses yeux, contacte son médecin de famille, aucun vétérinaire disponible n'ayant les compétences ni l'envie de soigner un tel animal. Le docteur, un brin décontenancé par la situation, indique que la bête pourrait manquer d'acidité. Alexis fait le tour des primeurs parisiens, achète cent cinquante kilos de citrons, les lui presse dans la gorge tout au long de la journée et la remet miraculeusement sur pied. Cinq ans plus tard, le cirque de Moscou revient en France et invite Alexis afin qu'il puisse revoir Raisy. Lorsque celle-ci l'aperçoit dans les coulisses, elle avance vers lui en barrissant à tue-tête, l'entoure de sa trompe, le câline près d'une demi-heure en le serrant contre sa joue et sa poitrine, ainsi lové dans son appendice. Mémoire d'éléphant, parole d'homme.

Alexis était le père de Lucien Grüss. Il me raconte l'histoire la larme à l'œil durant l'entraînement matinal de Léa. Lulu, comme elle le surnomme, a abandonné le cirque pour se consacrer au travail des chevaux en liberté.

*

Seule en piste, seule au monde, la torero se prépare à l'enjeu du lendemain dans sa ville natale. *No hay billetes*, c'est l'expression consacrée pour une corrida affichant complet. Ici, ses racines nîmoises drainent de nouveaux profils dans l'arène aux côtés des traditionnels aficionados. Demain, ces derniers seront rejoints par ceux qui la connaissent depuis l'enfance, ceux avec lesquels elle était en classe ou à l'université, ceux qui n'aiment pas la tauromachie mais surmontent leur aversion pour revoir la star qu'elle est devenue.

Aladin galope dans une concentration d'athlète. Chemise de gardian bleu marine à fleurons blancs et jodhpur beige, Léa le chevauche, regard fixé sur son encolure, son museau, ses rênes. Un immense manège encadré d'épais rideaux de velours bordeaux accroît la théâtralité des figures au sein des écuries Hasta Luego, lieu de référence du spectacle équestre situé en pleine nature, à quelques kilomètres de Nîmes.

Arrivés dans la nuit de Séville, les chevaux de Léa récupèrent du trajet en camion au sein de cet endroit mythique. Leur cavalière a pris l'avion avec sa quadrille.

Erik et Sylvie, détenteurs du site et soutiens inconditionnels de Léa, sont comme une deuxième famille pour elle. Ils s'occupent régulièrement de ses montures, la suivent dans les grandes arènes. Voltigeur figurant dans le Guinness Book, Erik détient le record du monde du passage sous le ventre d'un cheval avec un chronomètre de douze secondes trente, entre le départ et le retour assis. Réalisant désormais des chorégraphies équestres avec les quatre-vingts chevaux de son écurie, il vient de signer l'événement annuel de la maison Hermès dans les marais camarguais au côté de La Horde. Cette illustre compagnie de ballet effectue notamment des performances scéniques lors des shows de Madonna.

Léa déploie ses exercices de dressage sous les encouragements d'une dizaine de proches. Chacun distille des conseils auxquels elle fait mine de prêter attention, « Ne le laisse pas s'enfermer ; tu n'es pas obligée de piaffer dans une assiette ; essaie de garder une cadence dans laquelle il ne sort pas du rythme. » Bernard, homme de lettres et de cheval ayant longtemps dirigé une imprimerie de presse, m'explique le fréquent croisement des montures espagnoles avec des anglo-arabes afin d'accroître leur distinction générale. Il détaille ensuite l'imprégnation mutuelle du couple formant le Centaure. « L'équidé enregistre tout et n'oublie rien, c'est une caisse de résonance, d'amplification. Il sent les battements du cœur de son cavalier. Léa donne tout pour le bien-être de ses cadors, ils le lui rendent au centuple. »

Elle descend de Greco quand arrive l'autre Éric, son ami vétérinaire venu s'assurer que ses bêtes vont bien avant la corrida à laquelle elle se prépare. Le destin de la torero se joue sur une corde raide, il appartient aux cieux. Chaque déplacement représente un risque supplémentaire de blessure d'un équidé auquel elle fait face avec une apparente placidité.

Bético clopine en tournant comme un fou dans son box. Éric tape délicatement ses sabots à l'aide d'un petit marteau, demande à sa propriétaire de le faire marcher dans la cour pavée. Après une minute, il effectue son diagnostic, « Deuxième clou extérieur sur l'antérieure gauche », et retire la tige mal placée lors de la ferrure.

Léa se retourne subitement, « Peut-on appeler les deux personnes qui travaillent pour moi et qui auraient dû me saisir de ce problème ? » Irène accourt, Léa lui fait la leçon. « Bético claudique. Il n'y a que quatre choses à regarder, ce sont les quatre pieds des chevaux. Il a fallu que je sois présente pour m'en apercevoir à vingt heures de la corrida. » Fermez le banc.

Physique de Robert Redford tendance Butch Cassidy, Éric farfouille dans les caisses vétérinaires de son quatre-quatre. Sa chaleur, son rayonnement naturel et son goût de l'aventure expliquent sans doute qu'il soit le père de cinq bambins issus de plusieurs amours. Régulièrement placé au callejón lorsque Léa torée, il élucide le mystère de la présence d'un vétérinaire dans un contexte de mort animale, « Il faut choisir son camp, j'ai choisi celui des chevaux. » Passionné par le milieu marin, il s'occupe également d'une fondation consacrée à la protection des tortues marines en Méditerranée et nous abandonne pour aller opérer en urgence un requin dans un Aqualand de la Côte d'Azur.

Nous déjeunons sur le pouce avant de retrouver Simon Casas à la corrida de l'après-midi, dans laquelle intervient Alejandro Talavante, l'un des matadors qu'il apodère. Le clan se resserre comme dans un carré V.I.P. au cœur de ce que Léa appelle « la cage », une petite cabane de bois située en bordure de piste et percée d'un regard sur les arènes. Amandine, la mère des filles de Simon, s'y installe avec son nouveau compagnon ; Marie-Sara s'assied à ses côtés, suivie d'une cohorte venue des quatre coins du globe pour assister à la course de Léa le lendemain. Deux comédiens espagnols, un réalisateur américain, un artiste chilien, un homme politique parisien caché sous une casquette et des lunettes noires afin de ne pas être pris en flagrant délit d'engouement tauromachique.

Simon enchaîne les cigarettes. Son regard se trouble furtivement lorsque le président de la corrida transmet le passe ouvrant le toril. Puis il tourne la tête après la première pique. « Par superstition, j'ai besoin que la clé jetée à l'alguazil tombe exactement dans son chapeau, et par sensibilité j'évite de me concentrer sur le sang jaillissant de la nuque du taureau. »

À droite de nos sièges en plastique, un téléviseur mural retransmet la course qui se déroule au même moment à Madrid, dont Simon dirige les arènes. Un torero se fait encorner en direct et traîner sur une dizaine de mètres avant d'être évacué, évanoui, dans l'un des trois blocs opératoires de la plaza espagnole.

« Il a laissé son corps à l'hôtel », dit-on fréquemment des matadors en action.

Nîmes, le lendemain

Un hôtel aussi chaleureux qu'un bureau du KGB déroule ses boyaux de marbre sous un plafond haut de cinq mètres. Chaque pas renvoie l'écho d'un mammouth. Ni moquette, ni lustre, ni dorure, quelques appliques de béton disséminées de loin en loin, fils apparents et enduit frais, constituent l'unique mobilier de cet édifice fantomatique. Récemment ouvert à distance de la zone piétonne, il a été sélectionné par le valet d'épée de l'écurie Vicens pour échapper au fracas des orgies de la ville. La féria de Nîmes attire un million de personnes, des hordes de jeunes y engloutissent des bouteilles d'eau minérale remplies de Ricard et s'attroupent autour de platines de DJ alignées à même les trottoirs.

Deux heures avant la corrida de Léa, je viens assister aux préparatifs de ses banderilleros en respectant leur mot d'ordre, « Rester invisible, immobile et silencieuse. » Au rez-de-chaussée de l'établissement dans lequel ils sont logés, la réception déserte s'ouvre sur un labyrinthe desservant une chambre au bout d'un tunnel obscur. La leur. Une porte de chêne affiche le numéro cent quinze en métal cuivré. Je ne me suis pas trompée, toque deux coups secs.

José María m'accueille en boxer et chemise blanche amidonnée, cravate noire au nœud serré formant des plis de dindon au-dessus du col, une cigarette entre l'index et le majeur dont la longue cendre s'apprête à chuter. Un baiser. Les fenêtres étant closes, une atmosphère confinée submerge le gosier, mêlant déodorant et tabac froid. Je m'assieds sur un lit ouvert aux draps chiffonnés qu'il me désigne d'un geste parce qu'il manque d'oxygène, déjà noué d'anxiété.

Visage contrit et solennel, Magui m'ordonne de ne pas toucher la table basse attenante à la couche, comme si j'étais une mécréante venue tout casser. Sur une nappe de dentelle immaculée dont les froissements trahissent le voyage depuis l'Espagne, sont disposés une croix de bois surmontée du corps du Christ en laiton, trois poignards, une cape à fleurs, un porte-monnaie, un fer à cheval et trois monteras, ces toques des toreros au poil frisé encadrées de deux boursouflures. Tout autour, adossées au mur, six petites cartes à l'effigie de la Vierge, de la taille d'un jeu de tarot. Elles peuvent s'envoler au moindre souffle, je raccourcis mes expirations.

Les garçons se changent pudiquement dans la chambre jumelle séparée par une salle de bains sentant encore le mastic. Traversant la porte intermédiaire restée ouverte, des petits cris saccadés suivis de halètements accompagnent l'enfilage de leurs pantalons, aussi étroits que des chaussettes. Ils réapparaissent les uns à la suite des autres, les mains enfouies sous la ceinture afin de repositionner leurs parties d'un air dégagé. Bas roses ornés de lisérés noirs, chaussons de cuir sombre bordés d'un élastique, pompons s'agitant sur le revers de leurs culottes longues jusqu'aux genoux.

Joaquim avance une chaise et la replace immédiatement contre la commode, la mine déconfite. Il semble difficile de s'asseoir ainsi vêtu. Aucune paillette pour les banderilleros mais du satin dans les couleurs de leur choix, toujours les mêmes tons sable, vert et violine pour chacun d'entre eux. Des passementeries de velours nuit dessinent des arabesques sur la tranche de leurs cuisses.

Pots de gel, cheveux gominés, ils accrochent la résille de leurs coletas à l'aide de barrettes, José María réalise des étirements et court à petits pas pour ajuster parfaitement le tissu sur sa peau, puis allume une cigarette mentholée. Un verre en papier gonflé d'un liquide jaunâtre et de mégots désagrégés fait office de cendrier.

Aucun dialogue sur la bande-son. Ils sortent leurs gilets des housses, retirent les vestes des cintres moirés, se les tendent mutuellement pour y glisser les bras dans un effort surhumain tandis qu'elles tiennent debout isolément comme du plâtre. La rigidité et le poids de l'habit de lumière semblent aussi fonctionnels qu'une armure de fer. Leur mise au complet, les trois compères récupèrent poignards, capes et monteras sur la chapelle de fortune, s'étreignent sans raison en levant les yeux au ciel et évacuent la pièce.

Sorti le premier, Magui les attend de l'autre côté de l'ébrasure, frimousse enfin rayonnante. Il caresse du doigt le nombre métallique figurant sur la porte de leur chambre côté couloir et se tourne vers ses acolytes, les yeux illuminés. L'addition des chiffres composant cent quinze fait sept, un porte bonheur. Dans une gestuelle psychotique, chacun frotte alors énergiquement le battant de ses paumes et l'embrasse langoureusement comme la bouche d'une jouvencelle. Ils se regroupent ensuite en cercle, échangent un *suerte* frissonnant en se tenant par les épaules.

Gliselia les attend au volant de la fourgonnette devant l'hôtel. Une aficionada en robe à volants rouges déploie quelques mouvements de flamenco sur le parking, offrant à la quadrille un sourire garni d'incisives dorées, assorti d'une bise soufflée depuis le creux de sa main.

Nous rejoignons enfin Léa à l'Imperator, le palace de Nîmes qu'elle quitte à cheval pour gagner les arènes.

Dans l'artère principale de Nîmes, le cliquetis des fers sur le bitume devance un cortège hétéroclite. Les costumes de velours trois pièces côtoient dreadlocks et punks à chiens, bière en main à dix heures du matin.

Une heure avant sa corrida, Léa remonte le boulevard Victor-Hugo sur Bético. Entourée de sa quadrille, de groupies et de connaissances du collège, elle trotte jusqu'aux barrières métalliques fermant l'accès à la piste d'échauffement contiguë aux arènes. Les badauds parlementent avec les policiers pour pénétrer dans l'enceinte et s'approcher d'elle.

Durant la nuit, Simon s'est fait braquer la caisse des arènes contenant toutes les recettes de la veille, ce qui est assez cocasse pour un ancien spécialiste des verrous. Yacin récupère péniblement de ses agapes en night club et avale un litre de café. Il accompagne Léa dans ses moindres désirs. Placement d'amis, chevaux à surveiller, coiffure à peaufiner. C'est lui qui l'a tressée et habillée aux aurores.

Alfred a passé la soirée à boire des gin tonics en pérorant avec la faune d'intellectuels présents pour l'occasion. Il s'accroupit le long du semi-remorque frappé aux initiales L.V. et contemple l'extérieur de la plaza dans une bulle nostalgique, « C'est étrange d'assister à l'engloutissement d'un monde. »

Pendant que Xavier installe les crampons de Deseado, de mauvaises ondes relayées par certains employés parviennent jusqu'à nous. Le sable humide de la plaza glisserait et les cornes des taureaux seraient mal aféitées, c'est-à-dire pas suffisamment limées pour éviter de blesser les montures. Cette intervention est indispensable lors des courses de rejón, contrairement aux corridas à pied qui ne prévoient aucun polissage.

Ces médisances sont-elles justifiées ? Léa refuse de croire qu'elles proviennent des entourages concurrentiels alors qu'elles précèdent quasiment chaque combat et s'avèrent régulièrement infondées. Chacun sait que la qualité de la piste constitue sa hantise, la torero redoutant plus que tout les accidents liés au patinage des équidés sur un terrain instable.

En dépit des peaux de bananes récurrentes, les rejoneadores manifestent entre eux une solidarité à toute épreuve, comme un paradoxe supplémentaire de leur passion commune. Ils rêvent chacun que l'autre échoue pendant qu'il torée, tout en étant les premiers à se jeter dans l'arène pour le sauver en cas d'incident et les plus inquiets de l'état d'un cheval rival ou de la subjectivité d'un jury desservant leur adversaire.

Pierre Durand, cavalier olympique légendaire de Jappeloup et médaille d'or à Séoul en 1988, est venu soutenir Léa, accompagné de Christophe Cuyer, une autre figure du saut d'obstacles. Ils se prennent en photo auprès d'elle dans un concours d'éloges, « C'est un génie de l'équitation, elle aurait pu exceller dans n'importe quelle discipline équestre. »

Aujourd'hui, Léa torée en mano a mano avec Guillermo Hermoso de Mendoza, un jeune rejoneador vedette, dont le père fut une légende de la tauromachie à cheval. Chacun affronte trois bêtes, une de plus que lors des courses traditionnelles programmant trois toreros pour six animaux.

Vamos Didi ! Dès le premier taureau, l'arène manifeste son soutien à Léa en accueillant ses chevaux sous une pluie d'affectueux diminutifs. Diluvio, que les aficionados surnomment Didi, est le chouchou de la Nîmoise. C'est avec cet étalon noir qu'elle parcourt les plaines l'hiver, hors temporada, un chien assis sur la selle contre son bassin.

Malgré les acclamations réitérées des spectateurs, Léa doit batailler dur pour donner de l'ampleur aux mauvais taureaux qu'elle affronte ce matin. La dépouille du premier fauve est même sifflée à sa sortie. Elle torée avec éclat, mais le sorteo l'a mal servie. Guillermo ne rencontre pas les mêmes difficultés, défiant des créatures d'un courage, d'une pugnacité et d'un mordant hors du commun. L'inégalité entre les lots de deux rejoneadores est telle qu'à la fin de la corrida Simon, qui dirige l'arène et produit le spectacle, décide d'offrir un taureau supplémentaire que le duo torée de concert.

Il peut exceptionnellement arriver que le matador ou le directeur de l'arène fasse cadeau au public d'un tribut additionnel, en cas de disproportion avérée du tirage au sort. Les taureaux de combat coûtent en moyenne quinze à vingt mille euros par sujet à l'exploitant de la plaza qui les achète, opère la programmation, finance la course et choisit le plateau des toreros, appelé cartel.

Loin d'être spéculative, la passion de la corrida a conduit nombre d'imprésarios, de figuras, d'apoderados et d'éleveurs à la ruine, compte tenu des frais qu'elle génère.

À titre d'exemple, une corrida haut de gamme de deux heures trente dans les arènes de Madrid génère un coût de production d'environ un million d'euros. Cette plaza emploie cinq cents personnes pour vingt-quatre mille places dans l'amphithéâtre. Soixante-dix spectacles tauromachiques y sont organisés chaque année.

À l'exception de Pampelune, Dax et Bayonne, administrées par des régies municipales, les arènes font l'objet de concessions d'exploitation à la suite d'appels d'offres et ne bénéficient d'aucun argent public, hormis quelques aides en France durant le Covid.

*

À l'issue de la corrida, Léa rejoint sa chambre à l'Imperator. Je l'aide à retirer ses bottes dont les interminables languettes s'emmêlent, pendant qu'elle passe au spray d'eau oxygénée son chemisier à jabot tacheté de sang. Déjà absorbée par le combat capital qui l'attend à Madrid quelques jours plus tard, elle n'aborde pas la déception matinale, comme si l'évocation des catastrophes passées pouvait influencer l'avenir.

Madrid, juin 2023

Ovationnée lors du premier taureau, Léa envoie à Alfred l'oreille qu'elle récolte après avoir toréé la deuxième bête. Durant le tour de piste suivant le départ de la dépouille, les toreros distribuent traditionnellement leurs récompenses au hasard des gradins, les propulsant en direction de ceux qui les réclament, enfants ou aficionados.

À Madrid, plus de vingt mille personnes tendent les bras, mais c'est Alfred qu'elle choisit, projetant volontairement la faveur jusqu'à sa place au deuxième rang, près du toril. Assise à ses côtés, je m'écarte devant les morceaux de cartilage poilus et ensanglantés afin d'éviter leur contact, lorsque notre ami parvient à attraper l'organe et fond en larmes. Il y voit le signe des astres qui lui sourient.

Tenant l'appendice rougeoyant serré dans sa paume jusqu'au palace madrilène où Léa est invitée pour la soirée, Alfred se demande soudain comment le conserver et le rapatrier à Paris.

« Je veux le garder toute ma vie », oppose-t-il à mon dégoût.

Nous errons sous les lustres en cristal et les tapis soyeux du hall de l'établissement, transbahutant la chair visqueuse tel un sac à main. Venus féliciter la torero sur le point de revenir des arènes, une pléiade d'adeptes en tenue de gala détaille notre trophée quand le concierge de l'hôtel nous interpelle, « Mettez l'oreille dans un pot de gros sel et elle vous survivra, je vous en fais porter un tout de suite. »

Depuis, l'objet trône dans le réfrigérateur d'Alfred place des Victoires. Il le montre fièrement à tous ses invités, un brin déconcertés.

Vers vingt-deux heures, une soixantaine de proches fument et boivent dans la suite de Léa, célébrant à leur manière l'échéance fatidique de Madrid. Dominique, accompagnée de Marien, la femme d'Ángel Peralta, se joignent aux réjouissances. Simon, entouré de ses filles, consulte au fond du salon, délivrant à qui le souhaite sa vision de la corrida et vantant les mérites de sa protégée.

Après un dîner partagé avec elle en comité restreint, Alfred et moi déambulons dans les rues obscures et croisons ses banderilleros, assis autour d'un tonneau couvert de bières.

Alfred, dont l'amour pour Léa a déteint sur l'intégralité de la péninsule Ibérique, les entreprend sur l'état du pays, de la monarchie à Podemos, d'Almodóvar à l'extrême droite. Les garçons nous apprennent combien Franco est regretté dans les régions agricoles, « Les anciens disent qu'il assurait leur sécurité, qu'il tenait le territoire, qu'ils avaient toujours du travail en son temps. »

Médusés, nous changeons de sujet.

Le suivi de Léa charrie des éclats d'Espagne, révélant au passage sa complexité, sa liberté, son débordement émotionnel. De Saragosse à Santander, de Huelva à Bilbao, des petits villages andalous aux contrées indépendantistes, la population change, mais l'acceptation de l'irrationalité et de la déraison humaines reste la même. Cette terre n'est pas un creuset tauromachique par hasard.

Étrangement, nous vivons chaque retour en France comme une claque, glacés par le cartésianisme et l'*understatement* de l'Europe du Nord qui recouvrent les âmes de naphtaline.

Île de Port-Cros, juillet 2023

Léa revient passer trois jours dans ma maison au retour d'une série de corridas dans le sud de la France. Nous avions prévu cette parenthèse insulaire de longue date, afin qu'elle souffle au cœur d'une temporada chargée. Mais plusieurs accidents s'enchaînent la veille de sa venue sur l'île, hypothéquant sa tranquillité.

Quelques heures avant la course de Lunel, le réservoir d'eau du semi-remorque se fissure à la suite d'un mauvais choc sur la route, privant les chevaux d'hydratation et obligeant l'équipe à s'arrêter constamment pour leur donner à boire. Dans la foulée, le moteur du poids lourd tombe en panne, immobilisant l'ensemble de l'écurie dans l'Hérault, le temps d'opérer les réparations.

Un drame couronne les mésaventures, Diluvio se cassant le chanfrein en se battant avec un congénère à la descente du camion. Éric l'emmène chez lui pour le soigner, l'animal ayant perdu des litres de sang.

Léa débarque de la navette maritime avec une demi-journée de retard, exsangue de stress et de fatigue. Elle reste pendue au téléphone avec son ami vétérinaire jusqu'au dîner.

Après une daurade grillée et une nuit de sommeil, elle m'indique l'état de son baromètre, « Si tu as des questions à me poser, je préfère que nous soyons sur un bateau, loin de tout, car j'ai un peu de mal à parler de moi. »

Nous partons donc naviguer une journée entière. Apprenant que Diluvio a repris du poil de la bête, elle se décadenasse enfin et me livre les morceaux de vie qu'il me manquait.

Allongée sur le pont du semi-rigide, elle retrace ses douze années de formation auprès d'Ángel Peralta en Andalousie, continuant sa chronique lors de nos longues brasses. Elle poursuivra son histoire le lendemain et le surlendemain dans les mêmes circonstances, et parfois même jusque dans la nuit, détaillant minutieusement son apprentissage, année après année, comme si elle craignait qu'un élément déterminant m'échappe.

L'évocation d'Ángel Peralta la secoue tant qu'elle panique à l'idée d'égratigner sa mémoire. Il fut son maître à penser, son ami et l'être fondateur de sa trajectoire professionnelle. Elle le considère comme faisant partie de sa famille.

Figure emblématique de la tauromachie à cheval dont il a conçu les structures modernes, il est le premier à avoir travaillé le taureau de combat au plus près, initiant l'utilisation du cheval comme une muleta, ce leurre en drap rouge utilisé par le matador avant l'estocade. Apoderado sanctifié et rejoneador iconique de 1945 à 1994, il a notamment créé les « cavaliers de l'apothéose » au côté de son frère Rafael, un carré d'as du rejón dans les années 1970. Lorsque Léa quitte tout pour devenir apprentie chez lui, il a déjà quatre-vingts ans, elle entre dans sa vingt et unième année.

Pendant son séjour sur l'île, elle n'effleure aucune des difficultés rencontrées à l'époque, comme si rien ne lui avait alors paru compliqué. Égrenant ses souvenirs auprès d'Ángel et de Rafael Peralta de manière factuelle, elle souligne uniquement le bonheur absolu de pouvoir réaliser son rêve. Les embûches vertigineuses qu'elle a dû surmonter ne m'apparaîtront qu'en discutant avec les personnes l'ayant fréquentée lors de cette décennie décisive. « Rien ne pouvait la perturber, la décourager ou lui faire faire machine arrière », m'a assuré un éleveur de taureaux de combat.

Le récit qui suit résulte de nos échanges durant sa villégiature port-crosienne, complétés par les informations que m'ont fournies certains témoins des « années Peralta ». Dominique, Yacin, Simon et plusieurs toreros sont venus combler les éléments qu'elle avait inconsciemment omis.

Ranch El Rocío, domaine des Peralta
2006-2018

Ángel Peralta ne lui apprend pas à toréer, il lui apprend à se battre. L'âpreté andalouse de ce dieu vieillissant, chaleureux mais abrupt, n'a d'égale que la bienveillance qu'il manifeste aux rares personnes qui l'intéressent. Loin de la couvrir d'égards, il se contente d'abord d'observer à distance la manière dont Léa se relève des coups quotidiens.

« Votre père est-il fortuné ? » Première question d'Ángel, premier K.-O. Elle ne détient qu'une Clio rouillée, les étrennes que lui laissait sa grand-mère à Noël, trois sous de baby-sitting et de cours particuliers donnés en sciences durant ses études.

La tauromachie à cheval est une affaire de famille, d'héritage, de fortune personnelle. Le coût des chevaux, des camions, des équipes, de l'entretien et des entraînements est tel qu'aucun torero, aussi doué soit-il, ne peut parvenir au sommet en partant de rien. Il faut quatre à six ans pour former un cheval de corrida, huit chevaux pour se lancer et opérer les trois phases de la course. La totalité des rejoneadores ayant connu la gloire internationale ont débuté avec une écurie familiale ou le financement de leurs aïeux.

Mi artiste, mi-homme d'affaires, Don Ángel ne donne pas dans le mécénat. Quatre cavaliers pour quarante poulains, un mois pour former dix chevaux chacun au licol, à la selle, à la longe, au filet. Régulièrement, de nouveaux troupeaux d'équidés sauvages débarquent depuis l'Allier, où Peralta possède des pâturages et des juments qu'il fait saillir. Leurs premières années de vie s'étant déroulées en pleine nature, il faut les attraper au lasso tels des zèbres dans la savane lorsqu'ils arrivent au ranch. Parfois, Ángel gare sa grosse Mercedes au milieu du manège car il ne peut plus marcher et refuse le fauteuil roulant. Déployant les cannes soutenant la marionnette de son grand corps, il dit, « Sortez-moi le noir, faites tourner l'alezan, comment va celui-là ? »

Léa gagne sept cent vingt euros par mois, ce qui lui permet de payer la chambre qu'elle loue aux Peralta, l'eau et l'électricité. La nuit, le jour, le dimanche, elle remonte à cheval tant qu'elle ne parvient pas à obtenir un résultat de sa monture, dévore la presse et la télévision espagnoles, devient bilingue en trois mois, traduit en français les poèmes d'Ángel durant ses insomnies. Homme de lettres, intellectuel, conférencier, il a écrit plusieurs livres.

Le personnel passe à la pointeuse de huit heures à dix-sept heures quinze. S'il manque un quart d'heure au contrat prévu, l'absence se voit retirée du salaire. Léa repère ceux qui se font pointer par leurs collègues, chapardent dans la caisse, volent du grain, dérobent les vaccins pour leurs chevaux et les remplacent par de l'eau. Elle ne moucharde pas, éparpille les indices, continue son travail sur place sans regarder les heures. Elle ne fait confiance à personne, sinon à Bayón, le ferronnier quasi muet qui fabrique les embouchures et les épées de mort. À la suite d'une maladie, seuls trois faibles sons sortent d'un trou dans sa trachée en guise de mots.

Mentor par omission, Don Ángel laisse Léa apprendre de manière empirique, tâtonner au gré de ses sensations, distillant épisodiquement quelques conseils devant la carrière.

Les poulains doivent être dressés au plus vite pour une revente rapide, mais lorsque les écuyers les testent aux vaches dans l'arène, la majorité partent en rodéo, cherchant à décamper. Rares sont les montures qui développent intuitivement le geste de l'esquive, s'enroulent autour de la charge du taureau plutôt que de s'enfuir. Le travail consiste à inverser les tendances naturelles de proie, de fugue, afin de transformer l'herbivore en prédateur.

Léa essaie mille fois, se trompe, recommence, regarde les autres, retourne au manège jusqu'au crépuscule et se gave de corridas pour inventer son propre style.

« La tauromachie est un art dont la technique ne cesse de s'améliorer. Le torero doit être dans la quête créative et esthétique, sinon c'est de la bagarre pure. Si le geste artistique n'est pas accompagné d'une technicité sans faille, tu te fais tuer. » Elle martèle ces phrases en retirant sa robe blanche sous le taud du bateau, prête à partir nager. Puis elle étaye son rapport aux chevaux en descendant l'échelle, l'eau à mi-cuisses, « Il faut convaincre, pas imposer. »

Réfractaire à la soumission et à la domination de l'animal, elle tente de communiquer aux poulains des codes de compréhension reposant sur l'entente, leur enseigne l'absence de péril face au taureau plutôt que la sortie du danger par l'entremise du cavalier.

Ángel Peralta ne tarde pas à remarquer son agilité à discipliner ses troupeaux en un tournemain. Il se rapproche d'elle, la couve quotidiennement du regard. Sa grande carcasse installée sur une chaise pliante de la contre-piste n'a rien perdu de sa superbe, chapeau de feutre gris bordé d'un ruban de gros grain, chemise à carreaux rouge et blanc, béquilles abandonnées en diagonale sur un pantalon de toile claire. À l'appui de sa description, Léa me montre une dizaine de photos de lui sur son téléphone tout en se séchant à l'issue de son bain.

Ángel fait d'elle sa protégée et le confie à ses parents, chez lesquels il se rend pour une visite de courtoisie, quelques mois après l'arrivée de leur fille en Andalousie. Au moment de les quitter, il leur glisse une phrase que Dominique Joffre n'oubliera jamais, « Léa m'a redonné cent ans à vivre, elle a de l'or dans les mains, la poudre magique des toreros légendaires. Elle sera une figura ou j'aurai raté ma sortie. »

L'attachement qu'elle a pour Ángel comme l'effet déclencheur qu'il joue dans la concrétisation de son rêve permettent à Léa de supporter une formation à la dure. Plusieurs personnes ayant travaillé au ranch El Rocío auprès d'elle m'ont rapporté la série d'épisodes malveillants que doit essuyer la jeune recrue. Seule femme au ranch avec la secrétaire, la petite Française dérange les mâles qui l'entourent.

Le jour où elle torée sa première vache, le cavalier qui l'accompagne l'exhorte à la prendre par la droite, arguant du caractère compliqué de la bête, alors que Peralta lui a toujours demandé de commencer à gauche. Elle obtempère, déclenchant la rogne d'Ángel. Le conseiller malintentionné part en riant.

Chaque matin, elle salue Paco, l'intendant de Peralta, d'un *buenos dias* souriant qui restera sans réponse durant les douze années passées au domaine. Cet homme strict et machiste assure le bon fonctionnement d'El Rocío, reposant sur les trois piliers que sont l'exploitation agricole, l'élevage de chevaux et de taureaux. Il impose le respect par son charisme mais ligue contre elle les mauvaises langues, utilisant son ascendant sur le personnel pour susurrer des messes basses à propos de *la citadine*.

Plus tard, on envoie la novice toréer des vaches dans un élevage, lui indiquant à dessein un mauvais itinéraire menant à un marécage ; l'essence de sa voiture est siphonnée ; les box des chevaux dont elle s'occupe ouverts ; la sellerie cambriolée. Tout disparaît hormis les affaires de Léa, accusée du vol.

Papé, un Sénégalais avec lequel elle sympathise, fera les frais des inimitiés venimeuses entourant la torero. Ingénieur dans son pays, il vend des mouchoirs aux feux rouges à Séville et lui annonce un matin devoir retourner chez lui, ne parvenant pas à trouver une place fixe en Andalousie. Léa lui demande s'il saurait reproduire sur un cheval la perfection des tresses qu'il porte et lui délègue la coiffure de ses montures. Elle est rapidement contrainte de se séparer de lui, plusieurs employés le soupçonnant de larcins. Elle n'est pas chez elle et ses camarades en payent le prix fort.

Nombre de professionnels lui recommandent alors de quitter El Rocío, considérant qu'elle y est exploitée et malmenée. Léa n'en tient pas compte, s'entêtant envers et contre tout, « Les gens ne savent plus ce que l'effort signifie. Les opportunités qui m'étaient offertes l'emportaient haut la main sur les légers désagréments du quotidien. »

Ces incidents forgent le creuset d'une recherche de justice et de légitimité qui ne la quittera plus. Depuis, elle refuse d'être appelée « torera ». « Je suis torero car le taureau ne fait pas la différence entre un homme et une femme. Je serai féministe lorsque les militantes iront libérer leurs sœurs en Afghanistan plutôt que de passer leur temps à faire des MeToo déguisées en folles. »

À l'issue de notre première journée en mer, nous regagnons le port au soleil couchant, frigorifiées par le vent qui forcit. Mon enregistrement en a gardé des griffures le rendant quasiment inaudible. En passant devant la bastide de ma sœur, éthologue et farouchement anti-corrida, celle-ci nous interpelle et nous invite à prendre un apéritif qui se terminera vers minuit, sans avaler quoi que ce soit d'autre que du vin rosé.

Mes deux acolytes se tombent dans les bras après un échange musclé, aucune d'elles ne cherchant finalement à rallier l'autre à sa cause. Léa désamorce les conflits de ce type en prêtant une oreille attentive aux arguments de ceux qui haïssent son activité. Elle évite de les contrer tout en manifestant les raisons de son inclination, ce qui creuse les couloirs de nage dans une affectivité dénuée d'opposition.

De retour à la maison, nous nous installons dans l'obscurité sur les chaises longues de la terrasse, l'électricité ayant été coupée sur l'île ce soir-là. Léa reprend le fil de son épopée, interrompue lors de notre arrivée sur la terre ferme et prolongera son récit jusqu'au milieu de la nuit. Peu avant l'aube, nous partons nous coucher alors qu'elle décrit sa première corrida publique, à l'âge de vingt-cinq ans.

*

L'évidence qu'elle sera torero, comme celle qu'Ángel deviendra, l'heure venue, son apoderado, s'impose peu à peu. Tandis qu'il l'entraîne quotidiennement, Léa épargne parallèlement un maigre pécule issu de l'achat et de la revente de chevaux à des étrangers, en dehors de la propriété. Cette somme est destinée à financer sa future écurie.

« Mon vice, ce sont les chevaux. Quand je vois un beau cheval, il me le faut ! » Cette confession, prononcée sous la Grande Ourse, résume son état d'esprit en découvrant Gazelle, un poulain sauvage de trois ans dont elle a la charge au ranch. Elle s'en porte immédiatement acquéreuse auprès des Peralta. Ángel accepte de le lui céder pour six mille euros et force la main de son frère Rafael, plus réticent à la vente compte tenu des origines exceptionnelles du cheval. Gazelle assurera le succès de la rejoneadora quelques années plus tard, gravant sa théogonie dans les arènes au côté de Bético.

D'autres cracks rejoignent bientôt son cheptel, mais l'équitation n'étant pas une science exacte, certains se révèlent inadaptés à la tauromachie. C'est le cas de Generoso, acheté à l'élevage Peralta puis revendu le quadruple à un Français. Les fruits de cette vente permettent d'acquérir plusieurs équidés, si bien qu'en quatre ans Léa détient six chevaux de banderilles qu'elle formera elle-même. Il ne lui manque qu'une monture pour opérer la salida, première phase de la corrida.

Deux fées se penchent alors sur son berceau.

Fermín Díaz, un proche de Don Ángel, se lie d'amitié avec elle. Il l'avertit très tôt de l'impossible futur du torero et du trajet semé d'obstacles qui l'attend. Lors de ses visites hebdomadaires, il l'observe à cheval et constate une détermination absolue qui soude leur entente. Ancien rejoneador et riche homme d'affaires, ce retraité débonnaire et philosophe, vagabond dans sa jeunesse, a travaillé au sein du groupe Pernod Ricard et partagé la vie de Michèle Ricard. Il règle lui-même l'achat dispendieux de Samouraï, le seul cheval que Léa n'a pas fabriqué à sa main, le seul qu'elle ne puisse pas s'offrir, celui qui manque à son écurie pour qu'elle soit complète. Plus tard, elle contracte un prêt afin de rembourser Fermín, qui refuse l'argent.

Dans le même temps, Paco Ojeda, un matador considéré comme l'une des divinités tauromachiques de l'époque, entend parler d'une jeune

Française obstinée qui désire toréer. Il fut également rejoneador et coule une retraite entourée d'animaux. Contrairement aux toreros cernés de palmeros – ces gens qui vivent autour et à la solde des stars de l'arène –, la cour d'intrigants lui est étrangère. Il évite tout contact humain.

Forçant sa nature par curiosité, il contacte Léa, « Rendez-vous demain à huit heures. Je vais toréer des vaches, je vous invite. » Elle le rejoint avec un camion de fortune prêté par un ami, y entasse quelques poulains. Ces deux-là ne se quitteront plus, unis par une fierté mutuelle et les souvenirs de tientas dans lesquelles il l'impose. Très critique avec elle, Paco fait néanmoins partie de ses premiers soutiens. Il remontera à cheval pour lui donner l'alternative à Nîmes, une poignée d'années plus tard.

L'enfant prodige de la famille Peralta ne porte pas son nom. Aucun descendant des frères rejoneadores, Ángel et Rafael, n'a l'envie d'être torero, ni même la passion de l'équitation. Progressivement, Léa devient malgré elle l'objet de la transmission.

Les premières années au ranch scellent la cooptation familiale de la jeune apprentie. Ángel lui délègue la formation équestre de ses enfants, peu férus de cette discipline. Elle se fait la complice des chérubins, détaille leurs progressions à leur père alors qu'elle est la seule à monter.

Contre toute attente, Rafael finit par adopter et aimer Léa autant qu'Ángel. Plus sceptique que son frère quant à la destinée de la petite Française, il se méfie des beautés du diable entichées de tauromachie, les ayant trop souvent vues s'enfuir avec des mâles andalous. Ses doutes cèdent devant l'opiniâtreté de la jeune femme, son acharnement dédié au graal du torero. Le soir, il n'est pas rare de les voir s'entraîner ensemble dans les arènes du domaine.

Chaperonnée par deux mythes sur pieds, Léa se rapproche également des nièces d'Ángel, les accompagne dans les soirées sévillanes, fraternise avec leurs amis, passe ses vacances auprès d'elles, s'occupe des enfants qu'elle initie au pansage des chevaux avec des jouets en bois.

Mais la préparation de son écurie resserre le goulot d'étranglement financier. Ses horaires de travail et son salaire s'amenuisent pendant qu'elle forme ses propres chevaux. Le montant des pensions, du grain et du fourrage réglés à Ángel s'accroît chaque mois.

Le maître convoque sa disciple tous les week-ends dès huit heures du matin, « Le dimanche, on est torero, on ne va pas à la plage ! Si tu veux être une figura, il ne faut penser qu'à cela nuit et jour, n'avoir ni hobby ni amoureux ni sorties ni rien d'autre dans ta vie. Ton fiancé, c'est le taureau ! »

Léa applique ce conseil à la lettre, faisant faux bond à tous ses prétendants et ne nouant aucune relation durable, jusqu'à la rencontre capitale. Pour l'homme de sa vie, elle grignote une partie du contrat, le cœur dévoré de culpabilité. Don Ángel, qui rencontre Estéban, la saisit un jour par le bras au bord de la carrière, « Tu es amoureuse de lui, n'est-ce pas ? » Lorsqu'elle répond par la positive, il la regarde placidement, « C'est un bon garçon. »

Peralta n'abordera jamais plus cette question par la suite.

*

« Ça y est, tu es prête, tu torées demain à Olmedo. » C'est ainsi qu'il lui annonce sa première corrida à l'automne 2010. Elle n'a pas le temps de se mordre les sangs. Triomphe absolu, presse déjantée, télévisions et journaux espagnols, titres internationaux, *New York Times*, *Guardian*, *Daily Mail*, *Le Monde*, *Le Point*, *Le Figaro*, *Libération*.

Deux semaines plus tard, un autre contrat tombe pour Málaga, Léa triomphe à nouveau. La fusée est lancée, on ne parle que de la *stupéfiante petite Française*, du *miracle* découvert par Peralta. C'est la fin de la temporada, Don Ángel a tout prévu. Il refuse les contrats jusqu'à l'année suivante, laissant à Léa l'opportunité de parachever sa stature.

Deux jours après son arrivée sur Port-Cros, Léa parvient enfin à aborder la disparition de son idole. À la suite d'un déjeuner avec mon père, âgé de quatre-vingt-treize ans, nous visitons des grottes sous-marines à la recherche de murènes qu'elle filme avec son iPhone, recouvert d'une protection étanche. Elle sort la tête de l'eau en regagnant l'entrée de la cavité, « Ton papa est merveilleux. Il me fait penser au mien et à Ángel. Tu as de la chance de l'avoir encore auprès de toi. »

Léa passera plusieurs heures à relater le terme de ses aventures au ranch El Rocío, plongeant dans le grand bleu dès qu'une émotion l'affleure. Nous resterons à l'ancre devant l'entrée caverneuse jusqu'à la tombée du jour.

*

Un an avant sa mort, Ángel lui annonce l'impossibilité de demeurer son apoderado. Il se déplace de plus en plus difficilement, manque cruellement d'énergie, sans doute laminé par les jalousies familiales, son cercle se disputant ses faveurs.

Il présente Simon Casas à la torero afin qu'il le remplace dans sa tâche. Par le fruit du hasard, celui-ci est un ami de Jacques Vicens, le père de Léa. Un nouvel équilibre naît alors des forces centrifuges. L'entente parfaite entre le nouvel apoderado et la rejoneadora débouche sur une relation de confiance absolue. Simon devient son interlocuteur privilégié tandis qu'elle continue à s'entraîner chez Ángel jusqu'à sa disparition.

Le jour de l'enterrement du patriarche, sa femme Marien regagne El Rocío accompagnée de ses enfants et de Léa. Elle prend soudain la jeune française par la main en la guidant vers le bureau de son mari, « Je voudrais t'offrir quelque chose », lui dit-elle. Puis elle lui tend le diamant qu'Ángel portait en broche pour toréer.

Peralta a inscrit sur son testament la subsistance de sa dauphine au ranch jusqu'à l'achat de sa propre exploitation. Léa contribue à sauvegarder l'équilibre du domaine, assurant le dressage, l'achat et la revente de chevaux, l'organisation de spectacles, les traductions, les visites et l'intendance des mails. Marien souhaite ardemment qu'elle demeure dans les lieux, lui rappelant, au-delà de leur lien affectif, l'impérieux besoin de garantir la pérennité et la rentabilité de la propriété.

Soucieuse de ne pas être la cause de brouilles claniques supplémentaires, Léa décide pourtant de partir. Elle embarque ses chevaux dans son vieux camion, attrape son chien, ses selles et quitte El Rocío, le cœur déchiré.

Fermín Díaz l'héberge plusieurs mois avec son écurie. Elle dort sporadiquement à Séville chez Yacin, qui fut son complice durant ses douze années au ranch. Il servait notamment de couverture et improvisait des tours de passe-passe lorsque Don Ángel téléphonait la nuit pour demander des nouvelles d'un cheval, corriger une position, prévoir une arène ou discuter d'une chorégraphie.

En dépit des attentions de Yacin, Léa ne conserve qu'un souvenir brumeux de la période qui suit le décès de son mentor, incapable de préciser les dates, la durée de la latence, tant son ébranlement fut violent.

L'achat de son fief la sauve des limbes du deuil. Une annonce figurant sur Leboncoin affiche cette phrase mystérieuse sans photo, faute d'orthographe comprise : *se bende finca*. Seule l'adresse est indiquée, aucun numéro de téléphone n'y est accolé. Elle s'y rend, tombe sous le charme d'une fermette de guingois défiant les vents, occupée par un vacher. Le bien en indivision a été hypothéqué par une banque. Sept toreros s'y sont déjà cassé les dents, le parc national dans lequel elle se trouve interdisant en principe toute construction.

Léa se lie d'amitié avec le maire de la commune, obtient son soutien, monte un solide dossier aidée par une amie travaillant pour la réserve, et décroche un crédit. Son projet est accepté par la commission de la Doñana. Les travaux s'étendront sur deux ans.

Ángel Peralta disparu, un buisson d'épines parsème son sillage, confrontant Léa aux affres de son métier comme aux rivalités suscitées par la proximité qu'elle entretenait avec l'illustre rejoneador.

Durant la temporada qui suit la mort du maître, un commentateur télévisuel taurin manipule le média et ses téléspectateurs lors de chaque course, indiquant que les triomphes de la torero ne lui incombent pas et suggérant qu'elle les doit aux chevaux d'Ángel Peralta. Une première fois, Léa explique au directeur de la chaîne la vendetta dont elle est l'objet. Le patron révèle qu'il a déjà été prévenu par d'autres de ces agressions intempestives.

L'année d'après, le chroniqueur recommence. Alors qu'elle vient de toréer, Léa est informée de ses calomnies à l'antenne depuis le haut de la tribune. Elle saute sur l'occasion lorsqu'on lui tend un micro dans la contre-piste, « Vous avez un employé partial, j'aimerais qu'il commence à me respecter comme professionnelle et comme femme. »

Dans la foulée, elle enfonce le clou par voie de communiqué de presse. « Je souffre d'un conflit avec un journaliste [...] qui a un impact direct sur ses appréciations publiques, toujours négatives, dévalorisant systématiquement tout ce que je réalise. [...] j'accepte la critique tant qu'elle n'est pas conditionnée par des phobies personnelles, étrangères à mes performances dans l'arène. J'espère et je souhaite, pour le bien du monde du taureau, que ce que je suis en train de vivre et souffrir ne se reproduira pas avec d'autres toreros [...]. »

L'incident ne se reproduira plus mais Léa n'est pas au bout de ses peines. Bien qu'elle refuse de le reconnaître ou d'en faire cas, le machisme et la misogynie déploient sourdement leurs tentacules. J'en serai témoin à plusieurs reprises et m'en ouvrirai vainement à la torero, prise d'un tel déni de réalité qu'elle balaiera d'un rire mes remarques.

*

Le jour de son départ de Port-Cros, elle a les yeux humides, comme si elle enterrait les douze années qu'elle vient de me confier en quittant l'île. Je l'accompagne jusqu'au port où la navette l'attend, pendant qu'elle énumère le nom de ceux qui sont restés auprès d'elle, en dépit de la disparition du maestro Peralta. Pieds nus sur le petit chemin de terre et valise en main, elle détaille la liste comme une épitaphe.

Fermín, Marien et ses enfants font toujours partie de son entourage proche. Je les croise à ses côtés lors des corridas importantes. Paco Ojeda vit non loin de chez elle. Ils se voient et se téléphonent fréquemment. Simon est encore son apoderado, son confident, son ami. Yacin continue à veiller sur elle.

En me serrant dans ses bras sur le quai, elle sort une photo jaunie de la coque de son téléphone. Visage poupin, silhouette plus arrondie que sa musculature actuelle asséchée, Léa se tient droite comme un i à côté d'Ángel dans un callejón, revêtue d'une tenue de torero bleu marine. Ses traits affirmés irradient l'extrême concentration sous la contemplation du rejoneador dont les doigts tachetés de vieillesse n'entament pas l'élégance.

ÉPILOGUE

Don Benito, septembre 2023

Les meubles glissent et grincent dans l'épaisseur abrutissante de la nuit. Je parviens à saisir l'interrupteur contre ma tête de lit, réveillée par le roulis d'un bateau en pleine tempête. Ma poitrine se serre, écrasant ma respiration, le décor se déforme, bave comme une langue sur de la gouache. J'attrape mon portable qui tremble sur ma table de chevet pourtant immobile, et engloutis le verre d'eau abandonné à ses côtés. Sa surface frémit sans qu'aucune brise ne souffle.

Il est minuit dix. Je dois me rendre à l'évidence. Les bouleversements émotionnels de la corrida du soir m'ont déclenché des palpitations, peut-être même une crise cardiaque.

Léa occupant la chambre mitoyenne à la mienne dans cet hôtel trois étoiles qui nous accueille pour quelques heures, je tape deux coups forts sur la cloison, derrière mon oreiller. Aucune réponse, les murs sont trop épais. Incapable de me lever, j'attends seule, prunelles au plafond, pose mon iPhone sur mon ventre, enclenche une alarme quinze minutes plus tard, décidée à appeler les secours si les symptômes persistent ou s'aggravent au-delà de cette limite.

Le retour à la normale intervient en un claquement de doigts avant la sonnerie. Le mobilier retrouve subitement son calme, mes poumons s'emplissent de l'air qui leur faisait défaut. Bénissant le ciel de m'avoir laissé la vie sauve en dépit de ce que je m'impose chaque jour, je me rendors paisiblement.

À sept heures, Léa et sa quadrille avalent un petit-déjeuner dans la cafétéria déserte de l'établissement, avant de faire route pour Bélmez où elle torée le soir même. Ses traits chiffonnés trahissent une contrariété, elle affiche habituellement un teint frais malgré les mois de privation de sommeil. M'avouant aussitôt avoir passé une nuit de chien, elle me décrit les mêmes manifestations, les mêmes hallucinations que celles que j'ai endurées. Elle a également cru faire une attaque.

Nous cherchons quels aliments auraient pu nous empoisonner lors de nos précédents repas, les serveurs allument les téléviseurs de la salle. Les chaînes d'information annoncent un terrible tremblement de terre au Maroc, les secousses ont diffusé jusqu'à la péninsule Ibérique. Les centres d'appels d'urgence du sud de l'Espagne ont été débordés peu après minuit, notamment ceux de l'Estrémadure où nous nous trouvons.

Nous grimpons dans la fourgonnette pour deux heures de trajet durant lesquelles je prends soin de ne pas aborder les raisons qui m'ont poussée à croire que j'allais périr pendant mon sommeil. La course de la veille m'a ébranlée plus qu'aucune autre sans véritable fondement, sinon le trop-plein de souleurs accumulées depuis des mois.

Hier, elle partageait le cartel avec des toreros à pied. J'étais placée à midi au sein du callejón, elle attendait son tour à neuf heures, aux côtés de Simon et des banderilleros. Cinquante mètres nous distanciaient l'une de l'autre. Debout derrière le burladero parmi les professionnels, je me suis trouvée mal à la vue d'un taureau au dos charcuté qui amarrait ses yeux dans les miens.

Mes jambes flagellaient, mes doigts fourmillaient. J'ai fait mine de griffonner sur mon cahier pour échapper au jugement de mes voisins, évitant la chute de justesse en m'agrippant au paravent de bois.

Ma position a manifestement trahi mon état.

Quelques secondes avant le tour de sa torero, Simon a remonté la contre-piste pour me rejoindre, « Léa m'envoie car elle s'inquiète pour toi. Elle pense que tu ne te sens pas bien. Veux-tu sortir ? » Je lui ai menti éhontément par crainte d'affoler la rejoneadora, affirmant que l'absorption due à ma prise de notes expliquait mon regard baissé vers le sol et mes bras ballants sur la barricade, « Dis-lui qu'elle se trompe. Je suis en pleine forme. » En dépit de son imminent passage dans l'arène et de l'attention qu'elle aurait dû porter aux taureaux et aux matadors plutôt qu'à mon sort, elle m'avait suffisamment scrutée pour deviner que j'étais sur le point de m'évanouir.

Elle n'a recueilli qu'une oreille, toréant avec panache un taureau peu réactif. Ses acolytes sont ressortis a hombros, couverts de lauriers, tandis que je mesurais la préférence des spectateurs pour la corrida à pied, la ferveur déclenchée par la prise de risques et le frôlement de la mort étant plus explicites lorsque le torero se situe à hauteur de la bête.

Défendant bec et ongles un public qu'elle imagine bienveillant, Léa n'est jamais d'accord avec moi sur ce point.

En sortant de la plaza, nous avons, comme toujours, rejoint notre véhicule dans la précipitation, fendant l'armada de groupies qui grattait la carrosserie et réclamait autographes et mains touchées en tendant des roses. Une fois la vitre remontée, Léa m'a toisée dans le rétroviseur, « Le callejón, c'est la dernière fois. Je me fais trop de souci quand tu y es, j'ai tout le temps peur qu'il t'arrive quelque chose. »

Elle n'a pas tenu parole.

Bélmez, quelques heures plus tard

Ce matin, le camion des chevaux nous précède. Il est parti avant nous de Don Benito. Xavier le gare derrière la plaza, au beau milieu d'une étendue râpée où les cailloux se disputent avec les piquants de plantes désertiques. Tout autour, une immensité à perte de vue encadrée de canyons semblant sortis de l'Arizona.

Bastien parque notre fourgonnette dans la ruelle adjacente. Maisons immaculées surgies d'un western, pas une âme qui vive. Étudiant en master de droit à Aix-en-Provence, il a écrit tant de fois à Léa pour lui proposer ses services qu'elle a fini par l'embaucher durant l'été. C'est la deuxième saison qu'il effectue auprès d'elle. Parlant couramment espagnol, il connaît la tauromachie sur le bout des doigts, monte bien à cheval, accompagne Domingo dans les travaux d'ordonnancement du matériel autour de l'arène, conduit durant les longs trajets, cire les bottes de sa princesse, l'habille, la coiffe et la dévêtit lorsque Gliselia et Yacin n'opèrent pas.

L'austérité de l'amphithéâtre en pierres grisâtres tranche avec les barrières colorées de rouge, la lumière rasante embrase les pigments. Je n'assiste pas au sorteo, craignant désormais de m'attacher aux taureaux en les observant trop longtemps. Les banderilleros opèrent le tirage au sort. Léa prend des photos de l'arène et demande au directeur de retirer les lignes blanches sur la piste, Guitarra ayant la manie de les sauter. Construit en diagonale, le corral est surmonté de ponts en croisillons d'acier et encadré de balustrades à hauteur de poitrine. José María m'adresse un clin d'œil furtif, « Ici, quelqu'un a déjà basculé au milieu des taureaux, il est ressorti en morceaux, alors ils ont sécurisé la place. »

Dix minutes plus tard, je retrouve Léa devant le semi-remorque. Maria, une jeune fille de seize ans, arrive en courant et pleure en la voyant. C'est une inconditionnelle. Ses parents lui offrent des billets de corrida pour suivre sa vedette lorsqu'elle a de bonnes notes. Xavier ironise, « Habituellement, elle tombe dans les pommes quand elle l'aperçoit. »

Domingo et Irène débarquent le matériel du véhicule et installent les chevaux à l'ombre, sous l'auvent dépliable adossé à la carrosserie. Léa demande que les montures soient douchées et donne l'ordre dans lequel les ranger. Aladin, isolé devant la cabine, Guitarra et Greco placés côte à côte, Bético et Diluvio tout au bout, contre le hayon. Les autres peuvent être mélangés. Une brise secoue la bâche noire frappée des initiales L.V. recouvrant la tôlerie, elle produit régulièrement des claquements faisant sursauter les quadrupèdes. Depuis des jours, la torero conjure son personnel d'ôter ce bout de toile pour ne pas effrayer l'écurie. Sans succès.

Le troupeau part en toupie sur une rafale. L'affolement des bêtes laisse supposer qu'elles ont ressenti la même chose que nous lors du tremblement de terre, la nuit précédente. Bético s'échappe, rompant la longe qui le relie au mousqueton du poids lourd, Diluvio réalise la même embardée. Pendant que Léa récupère le premier au fond du champ, nous parvenons à attraper le second et le rattachons. Mais il s'évade une nouvelle fois, tirant si fort sur son licol qu'il le casse, créant alors un choc violent sur son chanfrein. Lorsque leur cavalière revient, les traces de sa blessure parsèment le galop de Diluvio. Des taches grenat bariolent les herbes comme la toge d'un empereur déchiquetée.

La veille, Léa avait imposé de le laisser dans le poids lourd, compte tenu de son accident deux mois plus tôt à Lunel. Au repos tout l'été, il ressort pour la première fois. Son traumatisme récent nécessite de le monter avec précaution, museau entouré d'une attelle de plastique dur afin de protéger son ossature.

Elle l'approche doucement, entoure son encolure d'une lanière de cuir, il la suit sans broncher jusqu'à la salle de douche des arènes, totalement sonné. Une cascade écarlate jaillit de son nez. Elle arrose au tuyau son front et sa liste, plaçant ses bras de chaque côté des jugulaires. Du sang ruisselle sur le sol, le jean, la chemise et les bottes de Léa.

Regard tourné vers l'intérieur d'elle-même, visage javellisé, elle semble s'imposer un geste insoutenable, palpant profondément les naseaux rougeoyants de Diluvio. Elle appelle immédiatement Éric et conclut, « Les os ne sont pas déplacés, mais c'est recassé. » Bastien va chercher des glaçons qu'elle passe délicatement du toupet à la lèvre supérieure de son favori. La fracture étant interne, il n'y a rien à faire sinon attendre plusieurs mois qu'elle se ressoude.

Le sang des chevaux n'a pas la même valeur que celui des taureaux. Il prime même sur celui des hommes. Si les commotions de la rejoneadora passent à la trappe après chaque accrochage, les blessures des équidés produisent une déflagration psychologique, un déferlement d'attentions proches du deuil, de l'offense faite à un dieu.

Léa reste un long moment auprès de son cheval, l'installe sur un lit de copeaux à l'intérieur de la remorque. Puis elle redescend dire leur fait à Domingo et Irène séance tenante, l'incident étant lié au bruit du prélart qu'ils n'ont pas retiré. Alors qu'elle est en pleine explication avec ses employés, la police débarque d'on ne sait où, sans doute venue vérifier l'absence de trouble à l'ordre public autour de la plaza avant la course. Se mêlant de ce qui ne les concerne pas, les agents somment la torero de se calmer. Le personnel, interloqué par leur intrusion, prend parti pour la rejoneadora dans un soubresaut solidaire en dépit du drame.

Léa toréera sans sa vedette quelques heures plus tard. Les Hasta Luego viennent chercher Diluvio en van et le rapatrient en France jusque chez Éric, qui le remet en état avant de longues vacances à la finca.

Durant plusieurs jours, la cavalière perdra le sommeil, dans une souffrance gémellaire avec son animal. Elle l'aime comme un frère et comme un associé. Sans lui, elle ne peut plus exercer son métier comme elle l'entend.

Trois heures après la catastrophe, Léa entre en piste sur Pantera dans l'arène de Bélmez. Je la guette depuis les coulisses, cachée dans les coursives aux côtés du personnel de la plaza. Aujourd'hui, elle m'a donné accès à l'envers de la corrida.

Quarante sabots pataugent dans une mare de sang tel un pédiluve, la flaque s'épaissit après chaque taureau, chaque passage de dépouille tirée par les mules et déposée à nos pieds. Derrière la porte du corridor, les chevaux attendent leur tour, la torero choisissant au dernier moment celui qu'elle va chevaucher en fonction du tempérament du combattant qu'elle affronte. En dépit des rigoles évacuant la barbotière rougeâtre de part et d'autre du goulet central dans lequel se trouvent les montures, un trop-plein demeure dans une cuvette creusée par des années de piétinement.

Bastien tient cinq paires de rênes dans chaque main, positionné face aux équidés. Il veille à ce que ses stars ne se battent pas et appuie ponctuellement son menton contre le battant donnant sur l'amphithéâtre, vérifiant le déroulé du spectacle pour avancer le crack dont Léa crie le nom lors des tercios.

Les applaudissements des gradins parviennent en écho jusqu'à nous, le temps s'étire. Les champions sellés accusent la fatigue, la lassitude d'une immobilité imposée dans la chaleur anhydre des plaines cordouanes. Alors, les têtes plongent tranquillement dans la rivière amarante qui les entoure. Dix museaux aspirent de concert le liquide visqueux comme une grenadine à la paille.

Deux rejoneadores partageant l'affiche du jour avec Léa, Bastien ressort faire marcher les chevaux dans le champ voisin entre les rotations. Je demeure à mon poste d'observation, détaille l'arrière-scène. Après chaque mise à mort, les équipes des matadors se précipitent pour récupérer banderilles, piques et épées sur le cadavre du fauve encore chaud. Certaines lames avoisinant deux mille euros, les vols sont monnaie courante. Le personnel de l'arène extrait les instruments, entaille le dos du taureau à l'aide de couteaux aiguisés, dessinant de larges cavités rouges dans son pelage luisant. Puis il les rend aux valets d'épée qui retirent les guirlandes de papier sanguinolent et les bouts de chair accrochés, conservant uniquement bâtons et harpons.

« Dis donc la scribe, les paillettes de tes tennis supportent-elles la javel ? Parce qu'il va en falloir un seau pour tout nettoyer ! » De retour parmi nous, Bastien parvient à m'arracher un sourire.

Deux bouchers piquent des crochets dans le corps d'un colosse à robe noire à peine sorti de la piste. L'un sous la gorge, l'autre dans le ventre couvert d'un duvet tacheté. Ça rentre d'un coup sec, comme dans du beurre. Un chariot élévateur soulève ensuite le taureau par la corde enroulée autour des cornes, celle qui a servi à le traîner derrière les mules, et le pend à la verticale, tête en haut. Il le transfère quatre mètres plus loin, dans la salle de douche des chevaux devenue pièce de débitage.

Une vétérinaire, aux allures d'institutrice n'ayant jamais croisé le loup, réalise des vérifications prophylactiques sur le bovidé et contrôle l'hygiène du local. Les bouchers accrochent la bête pendillante aux fers préalablement posés, des pales de plastique transparent à demi ouvertes permettent de les voir travailler. Habillés de vêtements blancs plastifiés, bottes, pantalons, tuniques, tabliers, gants, ils saignent l'animal, un flot épais dégouline jusque sur mon denim. Puis ils l'éviscèrent, le dépècent, l'émoussent, divisent minutieusement la carcasse en deux morceaux du haut vers le bas, fractionnent les membres et la tête. Ils filent enfin disposer l'ensemble du puzzle à l'intérieur d'un camion réfrigéré, garé en face de leur appentis. La viande sera distribuée aux grandes surfaces et aux boucheries commerciales après un passage à l'abattoir, destiné à constater la conformité aux normes sanitaires et à effectuer d'éventuels morcellements supplémentaires.

Visages angéliques, les découpeurs du jour ont peut-être cinquante ans à eux deux. Ils se font des blagues, rient ouvertement, l'ouvrage qu'ils accomplissent n'est pas accompagné d'un climat endeuillé. Je discute avec eux pendant qu'ils passent au jet d'eau le sol gluant. Le plus avenant, frimousse de bellâtre malgré la coiffe blanche qui capuchonne sa tignasse, m'apprend que leur patron a acheté la viande au kilo avant la corrida.

Il répond volontiers à mes questions sur les désagréments de son métier, « Moi, je suis heureux de faire ça, avant je travaillais dans un abattoir, c'était beaucoup plus rude. J'entendais les bêtes hurler pendant qu'elles faisaient la queue dans le couloir de la mort. Les vaches attendaient parfois trente heures. Ici, ça va vite, le taureau est tué en vingt minutes, j'ai davantage conscience du circuit court. Il trépasse, je le tranche, il part au supermarché. Avant cela, on doit faire rassir la viande une à trois semaines pour qu'elle retrouve sa tendresse. Mais je dirais que leur chair est plus souple qu'au bouvril. »

J'opine du chef, comme si j'étais familière de ce type de débat, et rejoins Bastien dans la prairie de chardons attenante quand arrive la victime suivante.

Huit mois, c'est le temps qu'il aura fallu à Léa pour me transformer en spectatrice impavide devant ce qui aurait dû m'apparaître comme les entrailles de l'horreur.

Huit mois à suivre ses pas au rythme de déplacements effrénés, roulée dans une couette à côté des banderilleros à l'arrière de sa fourgonnette ou allongée sous leurs pieds à même le tapis du véhicule. À l'avant, elle écoute la radio des nuits entières. De ville en ville, de la finca aux corridas, du fond de l'Andalousie à la Cantabrie, de la Castille au Pays basque, des palaces des grandes métropoles aux hôtels de fortune des bourgades dépeuplées, sandwichs avalés sur l'autoroute à deux heures du matin, réveils à l'aube pour vérifier l'état des chevaux après un transport, huit mois pour que cessent subitement nausées, tournis et haut-le-cœur qui me retournaient encore la veille.

Le jour des bouchers, je n'ai rien ressenti. Prise d'une anesthésie de l'âme plus puissante que ses errements, j'ai frénétiquement noirci mon cahier dans une obsession faisant prévaloir la reproduction fidèle des faits sur l'impact de leur réalité immédiate.

Léa m'a divulgué la face cachée de la corrida en sachant que j'en écrirais les détails. C'est elle qui a eu l'idée de me placer en coulisses, dévoilant sciemment les ombres de son métier à quelqu'un qu'il révulsait, comme un scorpion qui se pique lui-même.

*

Après la corrida de Bélmez, je lui fais état de ces paradoxes exacerbés. Nous partageons une bière avec la quadrille dans une auberge lugubre de la pampa, formica et linoléum en toile de fond.

— Léa, je crois que nous sommes sous emprise réciproque. C'est la seule explication qui vaille pour que j'accepte, presque malgré moi, de surmonter les émotions qui me submergent. Et la seule justification pour que tu te hasardes à tout me montrer en jouant avec le feu.

— Ne complique pas les choses, corazòn. Je t'ai respirée, je t'ai sentie comme je le fais avec les chevaux et les taureaux qui m'entourent. J'ai confiance en mon intuition. Il faut effectivement que nous nous aimions pour faire un trajet l'une vers l'autre, ce n'est pas de l'emprise, c'est un choix raisonné.

— Pourquoi avoir pris cette décision ? Pourquoi avoir cédé à mes demandes alors que tu avais cent propositions d'auteurs fous de tauromachie, plus prompts à saisir ton univers ?

— Parce que ça ne m'intéresse pas de lire ce que je connais déjà ! Si beaucoup de choses nous séparent, l'essentiel nous rassemble. La nature, la création, la démesure, les oursins. Évidemment, il aurait été plus simple de confier les dessous de ma passion à un aficionado. Mais je préfère découvrir ma vie en tournant tes pages plutôt que de rester cloîtrée dans mon silo. L'aventure sera plus amusante… Et je prends le risque qu'elle soit plus douloureuse.

José María l'interrompant pour passer commande au restaurateur qui s'impatiente, elle change de sujet dans une légèreté qui m'évite de lui dire l'essentiel.

Les raisons pour lesquelles je m'accroche dépassent le cadre affectif. Je me fais violence, portée par une curiosité d'entomologiste qui découvre une espèce méconnue, un insecte défiant les lois de la nature qu'il faut disséquer dans son vivarium.

Léa marche contre le sens du monde tout en éclairant l'époque dans une forme d'avant-gardisme. Son mode de vie, ses affinités, ses partis pris, son métier s'opposent aux mouvements contemporains. Elle tue des bêtes à l'heure des animalistes, sanctifie la mort que nos sociétés confient aux thanatopracteurs pour fuir sa réalité, refuse le genre et dénonce la victimisation en plein néoféminisme.

Pourtant, elle incarne une Calamity Jane de l'ère moderne, abattant les tranches de son existence à coups de dirigisme et de domination. Son rapport à la nature et au temps préfigure les appétences d'un futur proche. Elle puise son eau, plante son potager, nourrit ses animaux dans une quête voltairienne dont l'actualité glorifie le retour. Débarrassée du matérialisme et des horloges, elle dort où bon lui semble, décide en pleine nuit de faire mille kilomètres ou de rester sur le bord d'une autoroute emmaillotée dans un sac de couchage ; elle n'achète rien hormis le grain de ses chevaux, vit sans montre, laisse son portable au placard pendant que Chat GPT inonde le globe, poursuivant le graal d'une liberté que les fléaux urbanistes, technologiques et consuméristes ont vivifiée.

À trente-huit ans, cette figure féminine libre de toute attache n'a que peu d'engagements politiques excepté les traces familiales d'une gauche disparue. Elle fraie son chemin contre vents et marées comme un spécimen ayant survécu à la bombe nucléaire, sans avoir encore trouvé de refuge, hormis dans le monde parallèle qu'est la planète des taureaux.

Albacete, septembre 2023

La pétition du public pour la soutenir n'en finit plus. Durant plus de dix minutes, les claquements de talons des spectateurs accompagnent les hurlements qu'ils poussent en agitant des mouchoirs. La présidence ne cède pas à la pression populaire, refusant à Léa la deuxième oreille qu'elle mérite selon l'avis général.

Les professionnels scandalisés manifestent une grogne solidaire au sein du callejón, leur clameur se mêle à celle des gradins. Les rejoneadores de premier plan partageant le cartel avec elle viennent faire part de leur stupéfaction à Léa, choqués par l'injustice qui la frappe.

Les muletiers ont tiré trop tôt la dépouille du dernier taureau, mettant prématurément fin à la révolte dans l'arène. Quelques secondes supplémentaires auraient peut-être suffi à faire céder les jurés.

Tête baissée et bras abandonnés sur le rebord de la contre-piste, la torero demeure aussi inerte qu'un boxeur étendu sur le ring après un K.-O.

La tauromachie est un monde féroce auquel il faut se soumettre sans broncher.

*

Aux termes du règlement taurin, la première oreille est décernée à la demande du public, la deuxième dépend du président. Il arrive que certains ayatollahs puristes, imbus de leur autorité, manifestent autant d'exigence que les spectateurs se montrent généreux.

À l'inverse du patinage artistique ou de n'importe quel sport de haut niveau, la composition aléatoire des jurys et la définition nébuleuse des critères de récompense imposent régulièrement l'arbitraire.

Le profil du président et des deux assesseurs techniques siégeant lors de chaque course varie selon la taille des plazas. La dizaine de grandes arènes européennes affiche des jurys qualifiés connaissant parfaitement la corrida, mais dans les amphithéâtres plus confidentiels, notables et politiques locaux forment un cénacle incertain.

Les conditions assurant l'obtention des trophées répondent au même cartésianisme que celui qui pourrait présider à la détermination d'une œuvre d'art réussie, faisant ainsi la part belle à la subjectivité.

Sur le parking de l'hôtel que nous venons de regagner, José María fume une cigarette en m'expliquant les attentes de la présidence, « Il faut se distinguer par la faena, c'est-à-dire la chorégraphie entre le taureau, le cheval et le rejoneador ; délivrer une prestation technique et élégante ; enchaîner les passes de façon harmonieuse. Chaque torero torée avec son âme et imprime sa personnalité, sa créativité. Il doit moduler la charge du taureau, la cadencer avec esthétisme en s'enroulant autour de la bête. Dans le dernier tercio, une estocade de qualité entraîne la mort quasiment immédiate de l'animal… Mais l'appréhension de ces éléments demeurant discrétionnaire, l'iniquité saute parfois aux yeux, comme ce fut le cas tout à l'heure. En dépit de ce que Léa imagine, le fait d'être une femme, qui plus est dépourvue d'entregent, la dessert fortement. »

Il poursuit son analyse en déambulant à mes côtés dans les couloirs de la pension où nous avons laissé nos valises, me quittant devant la chambre de Léa. Prise d'un accès de colère, je m'installe dans sa suite pendant qu'elle se douche et rédige un post Instagram dénonçant le déni démocratique du président de la corrida du soir. Je m'improvise avocate, alors qu'elle ne m'a rien demandé. N'anticipant pas ma méprise, je franchis une ligne jaune dont j'aurais dû percevoir l'impénétrable frontière.

Léa réapparaît pomponnée lorsque je lui tends mon téléphone afin de vérifier la justesse des termes employés avant publication du texte. Loin de se réjouir de mon soutien, elle se décompose et me prie de ne rien écrire, sans explication. Mon intrusion semblant résolument intempestive, je me plie à sa requête tandis qu'elle opère l'une des virevoltes dont elle a le secret. « Les trophées ne sont pas l'essentiel. C'est le ressenti du public, la qualité et l'impact transcendantal de la faena qui m'importent. Le reste est un jeu dont j'accepte les règles. »

Au cours des six heures de route jusqu'à la finca, nous n'entendrons pas le son de sa voix.

Saragosse, octobre 2023

Un chapelet de mauvais présages prophétise le drame. Attablée à la terrasse d'un café, elle dévore une pizza en vantant les qualités d'un poulain troqué auprès des gitans de Séville en échange d'une vieille voiture. La survenance d'un violent orage suspend son récit, les clients rejoignent en courant l'intérieur de l'établissement. Lorsque je me retourne, je la découvre immobile sous la pluie, comme insensible à la tourmente. Une lividité soudaine ternit son visage dans un frémissement, « Cette année, je n'ai pas encore pris de boîte. » Dans son langage, une boîte est une chute, un coup de corne, un accident. Personne ne pipe mot, ni son équipe, ni Simon, encore assis à ses côtés. Rien ne sert de contredire un sorcier sinon pour déclencher ses foudres.

Le lendemain matin, elle se rend aux arènes afin d'en inspecter le sol, comme elle le fait toujours à quelques heures d'une corrida. Elle gratte le sable du talon dans l'amphithéâtre vide, en saisit une poignée qu'elle éparpille dans sa paume et rejette rapidement avant de se tourner vers l'intendant de la plaza, « Il faudrait arroser et passer la herse s'il vous plaît, c'est trop dur. » Alors que nous repartons, un quinquagénaire en costume de coton beige, mocassins à pompons et lunettes rondes cerclées d'acier traverse la piste, se précipite vers elle et manifeste son étonnement qu'elle ne le reconnaisse pas. Officiant ce soir comme chirurgien de la course dans laquelle elle intervient, il l'a précédemment soignée à deux reprises lors d'incidents tauromachiques. Léa blêmit, « Jamais deux sans trois, n'est-ce pas ? »

Après un déjeuner hâtif et un bref repos à l'hôtel, elle enfile son costume de lumière, veste de brocard bordeaux sur pantalon noir, me retrouvant à la réception pour faire route vers l'entraînement. Traditionnellement, ses banderilleros l'attendent déjà dans le hall, conscients que le niveau de tension interdit toute perturbation dans la préparation d'un matador. Pour la première fois, nous sommes seules face à la fourgonnette vide dans laquelle elle s'installe en concluant lapidairement, « C'est de très mauvais augure. » Les garçons arrivent pétris d'excuses quelques secondes plus tard. Le mal est fait.

L'échauffement des chevaux se déroule dans un silence de mort, le tapage produit par les dix mille personnes qui prennent place dans l'arène ne déglace pas l'atmosphère. Léa demeure mutique, hermétique aux soubresauts du monde. La bruine répand ses gouttelettes sur la barrière empourprée de la contre-piste dont elles absorbent la couleur. Une immense bâche revêt la plaza d'un chapeau de méduse virginal.

Six cents kilos de noirceur fulminante. Dès l'arrivée en piste du taureau, les banderilleros placés dans le callejón tempêtent des *hijo de puta* lors de ses déplacements. Dans un étonnant parallélisme avec l'âme humaine, les qualités requises chez un taureau de combat sont l'honnêteté, la franchise et la droiture.

Le colosse charge Léa et mesure sa célérité, devance les trajectoires de Bético, les coupe, fait mine d'attaquer avant de piler brutalement, regard aux aguets.

Elle ne le voit pas venir. Deux minutes après son irruption du toril, il opère son massacre. Glissant ses cornes entre les postérieurs de Bético, il le retourne comme une crêpe. Léa demeure en selle, le cheval s'écroule et lui tombe dessus, avant d'être lui-même enseveli sous le taureau. La bête, indubitablement décidée à tuer, poursuit ses assauts. Je n'aperçois plus le corps de la torero, entièrement écrasé par le monticule que forment les deux animaux. Aplatie face contre sol, sa tête dépasse de la sangle du cheval comme une épingle, ses mains entourent son crâne pour le protéger des coups pendant que la créature continue son offensive.

Les secondes se distendent, des murmures d'effroi esquissent le bruit de la peur dans les gradins. L'ensemble des professionnels présents, toreros et banderilleros, sautent la barrière et détournent le taureau à l'aide de capes.

Léa est évacuée à demi inconsciente, des hommes la traînent ventre à terre, placent leurs bras sous ses aisselles, semblant tirer un cadavre. Jambes pendantes, talons tournés vers l'extérieur des mollets, la pointe de ses bottes dessine un sillon sur le sable. Ce qu'il reste d'elle est étendu dans la contre-piste. Un rejoneador tapote sa joue, asperge sa nuque d'eau fraîche, y applique une poche de glace pour qu'elle recouvre ses esprits. Lorsque les infirmiers s'apprêtent à la transporter, elle reprend connaissance et crie, « Laissez-moi ! Laissez-moi voir Bético ! »

Le cheval va bien, il s'en sort sans une égratignure, mais la frêle corpulence de son écuyère a supporté le fardeau d'une tonne. Elle claudique, ses tempes explosent de douleur, un large bleu colore sa pommette gauche, de l'oreille à l'œil, dessinant la trace d'un pneu. En dépit des supplications de l'équipe médicale, elle se remet aussitôt en selle sur Aladin, vision troublée et bas du corps à moitié paralysé, comme elle me l'avouera ensuite.

Dès son retour dans l'arène, l'embrasement du public est tel que les spectateurs se lèvent et l'applaudissent sans discontinuer. Certains ont des larmes plein les yeux. Ils viennent d'assister à une résurrection.

Un éleveur, que Léa m'avait présenté à Madrid, se positionne à mes côtés derrière le burladero. Je le salue à peine, le souffle encore coupé par la frayeur tandis que nous regardons la survivante finir sa faena. Il me prend alors par le bras dans un chuchotement, « Ne vous inquiétez pas, madame. Léa traversera les siècles comme la déesse blonde ! »

Je ne comprendrai que plus tard l'origine de ce surnom. Il était donné à Conchita Cintrón, rejoneadora mythique des années 1940 dont Orson Welles fut longtemps entiché. Seule femme à avoir précédé Léa à ce niveau de prouesses et d'adulation, la star descendait des avions bimoteurs en gants de soie et voilettes, tout en se mêlant sans ambages à l'univers machiste et revêche des arènes. Son allure mi-ange, mi-garçonne embrassait la rudesse du torero et l'élégance féminine dans un clair-obscur rappelant la Nîmoise.

De père portoricain et de mère américano-irlandaise, Conchita Cintrón était péruvienne d'adoption bien qu'elle fût née au Chili au début des années 1920. Elle toréa d'abord à cheval au

Mexique et en Amérique du Sud avant de briller en Europe, engrangeant parfois des cachets plus importants que ceux de Dominguín, la vedette de l'époque. Mais sa véritable passion fut la corrida à pied.

Seule l'Espagne lui refusa l'autorisation de descendre de cheval. Levée en 1936 par la République espagnole, l'interdiction pour les femmes de combattre à pied fut restaurée par le régime de Franco. Notamment parce qu'un coup dans le bas-ventre aurait pu les empêcher d'enfanter.

Selon la légende, l'esprit frondeur de la déesse blonde, porté par l'amour du public et des directeurs d'arènes, la conduisit à transgresser la règle en Andalousie, le jour de ses adieux à la tauromachie en 1950. Elle commit alors un double délit. Abandonnant sa monture pour toréer à pied, elle refusa d'estoquer son dernier taureau afin de « lui pardonner la vie », comme on le dit dans le jargon taurin. Elle fut arrêtée par la police puis relâchée à la suite des vociférations des spectateurs la défendant.

Conchita Cintrón se maria un an plus tard à un aristocrate portugais avec lequel elle eut six enfants. Elle éleva un temps des taureaux, fut correspondante de journaux péruviens et mexicains, et mourut à quatre-vingt-six ans d'une crise cardiaque, auréolée d'une splendeur magistrale qui lui survécut.

Outre le brio de leur style racé et leur capacité commune d'exister dans un monde d'hommes, Conchita et Léa partagent une vision atemporelle de la corrida, celle-là même qui fit dire à la Péruvienne, « Les jeunes matadors toréent comme des ordinateurs ! »

*

Au sortir de la plaza de Saragosse, notre fourgonnette franchit l'émeute à grand-peine, des cris de victoire fusent sur son passage, tranchant avec le calme de Léa. Pas un mot dans la voiture, sinon : « On va aller dîner, rien de grave. »

Bético passe toutes les radios et échographies de contrôle lors de son retour à la finca ; elles confirment l'absence de blessures et d'hématomes. En revanche sa cavalière, dont les maux de tête perdurent, refuse de se soumettre au moindre examen.

Quarante-huit heures après l'accident, le chirurgien de l'arène appelle Léa pendant qu'elle surveille une jument sur le point de mettre bas dans l'un des box de l'écurie couverte. Ayant les mains occupées, elle suspend son téléphone à son cou et place l'appareil sur haut-parleur, si bien que j'attrape la conversation, accroupie sur un ballot de foin de l'autre côté de la porte.

Le médecin s'enquiert de son état et tente de la convaincre de se rendre à l'hôpital lorsque je l'entends lui répondre, « Merci docteur, mais vous savez bien que je survis à tout. »

La finca, janvier 2024

Je retourne chez Léa sans la prévenir, imaginant résoudre l'énigme dont elle est le sujet, l'orchestratrice et la prisonnière en débarquant de manière impromptue.

À onze heures du matin, j'escalade le grillage de la propriété comme une voleuse et me faufile d'arbre en arbre afin de ménager la surprise de mon irruption. Alors que je me camoufle dans les branches de bougainvilliers courant le long de l'entrée de la maison, un air de flamenco s'échappe de la cour centrale.

Regard furtivement glissé dans le patio, j'aperçois une enceinte au pied des bananiers faisant tressaillir leurs feuilles. Au milieu du carré, Yacin effectue des chorégraphies autour de Bético, chevauché par Léa. La monture piaffe au rythme de la musique et ajuste son ballet sur les claquements de mains du danseur.

J'observe cinq minutes la scène avant d'opérer une entrée ratée. Aucun ne semble étonné de mon incursion. Les deux amis se contentent seulement d'entonner, « C'est formidable que tu sois là. » Leur monde regorgeant d'imprévus, ils sont rompus aux coups de théâtre.

Quelques effusions plus tard, nous déjeunons sur la terrasse ensoleillée, le téléphone de Léa vibre à plusieurs reprises. Elle s'en inquiète et prend l'appel à table, ce que je ne l'ai jamais vue faire auparavant. Elle part converser dans le champ des taureaux qui nous fait face, et je l'entends baisser ses locutions d'une octave, croyant distinguer dans une inflexion mielleuse, « Moi aussi, je t'aime. »

Après avoir raccroché, elle revient partager le morceau de fromage qu'il reste sur la desserte. Je la fixe longuement dans l'espoir qu'elle se confie, mais elle demeure muette comme une carpe. Aussi conviviale et communicative qu'elle puisse être, Léa sanctuarise sa vie personnelle. Toréer constitue la seule manifestation publique de son intériorité et l'expression majeure de son intimité.

Le soir même, nous croisons plusieurs de ses connaissances dans un bar musical de Séville. Loin du mode de vie de Léa, un célèbre matador aux muscles saillants et vêtements de luxe ostentatoires étale les photos de sa finca sur son portable, piscine à débordement et alignement de trophées à la clé.

Deux artistes gitans rejoignent notre table plus tard dans la nuit. Leur état amoureux crève les yeux, ils rivalisent d'allégeance à l'égard de la torero. N'ayant aucune conscience des effets qu'elle produit ou faisant mine de n'en rien savoir, Léa leur sert une amitié potache, du même acabit que celle qu'elle réserve à Alfred.

Au sortir de la taverne, je me moque des prétendants pendant que nous marchons jusqu'à sa voiture garée cinq cents mètres plus loin. De manière inexpliquée, une clique de cinq ou six chiens sans maîtres escorte Léa au gré des ruelles désertes. Dégage-t-elle un magnétisme qu'eux seuls peuvent ressentir ? Sans mot dire, elle les caresse et les agrège jusqu'au véhicule dans une gestuelle naturelle trahisant l'habitude de ce type de regroupements. Je leur emboîte le pas, fascinée par le tableau.

Telle Artémis, Léa est une déesse des animaux et de la nature sauvage. Chasseresse, Walkyrie des fauves et souveraine des bêtes, elle exerce un droit de vie et de mort sur la faune parce qu'elle la comprend mieux que quiconque.

*

Il existe en espagnol une notion intraduisible en un seul mot dans la langue française : le duende. Ce terme a fait couler beaucoup d'encre, il a notamment été théorisé par Federico García Lorca.

Appliqué à la tauromachie, il désigne une force inconnue, une puissance abstraite enchanteresse qui visite parfois les toreros lors des corridas et ensorcelle le public.

Convaincue d'avoir été touchée par ce sortilège, j'ai lu et écouté tout ce que je trouvais sur le sujet, ouvrages, articles et conférences littéraires ou philosophiques.

Je n'y ai déniché aucune explication quant au phénomène qui me frappe, le duende de Léa m'ayant envoûtée au-delà des arènes. Son intensité est telle qu'il a transcendé l'espace tauromachique, déviant ma trajectoire et modifiant mon rapport au monde.

Alors, comme les chiens sévillans, je suis la divinité païenne dans une aimantation animale à laquelle l'entendement et la raison demeurent étrangers.

Table

Première partie

Deuxième partie

La vie à mort

Épilogue

Cet ouvrage a été mis en pages par

<pixellence>